机の上の動物園

椎名誠

産業編集センター

机の上の動物園

机の上の動物園　目次

III

机の上の動物園

*本文中の写真説明の手書き文字は、すべて著者の自筆です。

I 愛と哀しみのオムレツフライパン

南回りのパンかじり旅

忘れえない、――じゃなかった。忘れたほうがいいような外国旅は、その頃勤めていた会社の取材旅という、まったく無粋な「出張」というやつだった。一人でヨーロッパぐるり旅。なんぞと書けばなにやらデラシネっぽいかもしれないけれど、実際は空腹ヨレヨレ旅なのだった。言葉が通じないとパンも簡単には手に入らない。

あっ、つまらないシャレじゃないけれど当時はパンアメリカン（パンナム）が世界一周便という荒っぽいのを就航させていて、世界各国を本当にずっとグルグル回っていた。ヒコーキによる世界巡回バスみたいなものと思えばいい。

南回りと北回りがあって日本からヨーロッパへ行くには断然北回りの方が楽で早いのだけれど、零細企業の出張旅というのはそういうコトを自分ではどうすることもできない。

怖い経理のおばちゃんがいて、キッキツの予算案を作ってくれるのだ。経理のおばちゃん自身は旅に出るわけじゃない。自分が体験しないから、いかにその出張経費を節約するか、というのがその人の「命がけのテーマ」になっていたのだ。でも今考えると将来それが役に立った。おかげで旅人（ぼくです）には連日の苦しい自己管理の日々が待っていた。

一カ月の一人旅なので旅先で仕事相手と打ちあわせをして、紹介されたところを取材し、必要なら写真を撮ったりめしを食ったりサケを飲んだりということをやっていてよかった。しかし出張なのだ。仕事だから沢山の資料や荷物をかかえて成田空港へむかった。当然、見送りなどはまったくない。

成田空港の売店でSF小説と宮沢賢治の文庫と『これ一冊で完璧！　世界八カ国語同時会話ブック』というのを買った。

一冊でどのようにすれば八カ国の会話が完璧になるかというと、たとえば「おはようございます」というコトバを英語、フランス語、ドイツ語、イタリア語、中国語、スペイン語、ロシア語で横一列に書いてある。

ほかにも「暑いです」「寒いです」「眠いです」なんていうコトバがズラズラ並

んでいる。世界を三周しようが五周しようがこれでもう安心、とその本は言っているのだった。

初めての海外旅行。しかもひとり旅。通訳も案内人もまったくなし。

いま考えると無学のアンちゃん一人旅だ。よくちゃんと日本に帰ってきたものだ、と思う。いきなり地球半周の旅に出てきた世界のイナカモン、と見破られ、パスポートなどをスラレたりしたらもうそれで終わりだ。旅行小切手(トラベラーズチェック)なども「なくしたらキケンだから」というよくわからない理由で経理のおばちゃんの権限で与えてもらえなかった。旅行小切手というのは通常では現金を無くしたらいけないから、という目的で開発されたモノだったように思うのだが、当時ぼくの勤めていた会社は誰もそれに気がつかなかったのですよ。ぼくもですがね。

のっけから余談だが、そういう原始的な扱いをうけているヒト(わたくしのことですが)が十数年後、モノカキとなっていろんな本を書いていくようになるのだが、いちばん最初に書いた本が『クレジットとキャッシュレス社会』(教育社)というものだったのである。

思えばそのときのこういう無鉄砲旅で「クレジットカードなんてのを持っていればなあ」とつくづく思ったから書いたのでしょうなあ。日本にはまだほとんど流通していなかった時代である。

オンボロの格好をして、一カ月暮らしていけるぐらいのドル札を持っている。赤貧暮らしといえどもレート換算して、その頃の「ドル札」で持ち歩いているのはかなりの額になる。それをごそっと盗られたら、それこそ本当に翌日からホテルもパンも何もなくなり、フランスホームレスというのが現実だった。

賢い旅人がカードや旅行小切手などを使っている姿を旅先で目にすると、世界にはスマートな旅人がたくさんいるんだなあ、としみじみ学習していったのだった。

このときの衝撃のかずかずはその大きさではなく、視覚、精神的なものだった。たとえば「京にあがった一寸法師」の心情に近かったような気がする。

当時のぼくの強みは、旅先でカネのトラブルを何も想定していない、想定できない、ということだったような気がする。

そういう思考能力がまるでなかった、というわけでもあった。事実、何も不安には思っていなかった。簡単にいえばかなりの純粋バカだったのである。当時海外旅行はまだ一般的ではなく、日本の経済力も低かった。一ドル＝三六〇円くらいだったろうか。でもそれが旅人にとっていいのかよくないのかわからない。なににしても「おら何もわかんね」というタイドで無邪気に空中にトンでいたのである。

でもねえ、こうしてバカを隠そうとしないヒトはどこか基本が強いもんだ。

各駅停車的ヒコーキ

日本を出るとすぐ香港に着陸だった。そこでは三時間ほどのトランジット。仕事で本格的に写真も撮らなければならなかったので会社の所蔵品で一番高額品のスピグラ（スピードグラフィック）という中判のカメラを与えられていた。操作方法によっては撮ればそのままキャビネのネガになる。機内に預けていたが壊されてしまうとぼくの仕事はダメになる。だから壊れたり盗られたりしたらすべてお前の責任と弁償だ、と大ケチの上司にしつこく言われていたのでそれを含めて機内持ちこみ荷物がドサッとあった。したがってトランジットの時間にもそれらをしっかと身につけていなければならなかった。

トイレに行くのだってその大荷物だ。たぶん悪事をたくらんでいるワルモノはお！「獲物」がきた、と見やぶっていただろう。唯一の強みはそのころぼくは町なかでのニワトリのケンカみたいなことをたくさんやっていたので、ヘンなところに自信があった。何か盗られたら命がけでタタカウのだ、というココロイキである。

だから空港のなかで新聞や雑誌売り（当時はそういう人が世界の各空港にいっぱいいた）が近づいてきて何か言ってもぼくがスゴイ目で睨んでいるとそれ以上は深入りされなかった。

なんだかわからないけれどぼくを見てあんな奴にひと刺しされたらあわねーぜ、

と相手は思ったことだろう。

次はバンコクに降りた。さらに各駅停車のようにしてすぐに隣の国に飛んではドスンと降り、そしてじきに出発、というのをくりかえす。はげしくせわしなかったけれど二十代とまだ若かったからイネムリや読書や映画と、やることはいろいろあってそんなに苦ではなかった。ひとつの国の空港に到着し、また次の国にむかって飛びたつと並ばなくてもかならずメシになる。アルミ箔らしい弁当箱に入っているおかずとパンを電子レンジでチンした、いかにもエコノミー、という無愛想なやつだったけれど初心者のぼくにはそれがけっこううまかった。あちあちのホットドッグを食ったのもその頃だった。世の中にこんなにうまいものがあるのか！　とつくづく感心したのだった。

世のなかに電子レンジが出回りはじめた頃で「チンして」あたためる簡易弁当、というのがたいそうな高級品に思えたのだった。

アチアチ弁当がくるとそのたびにビールやワインをタダでいろいろ飲める、というのもありがたい。何に対しても文句なく、いちずでまじめでひたむきないいタビビトだったんだ、オレは。

その後何年かして気がついたのだが、あの頃のメシは降りた空港ごとに運び入れてくるものなんですねえ。幼稚なぼくはあの巨大な飛行機は最初からすべての弁当を積み込んでいるのかと思っていた。よく考えればそんなコトあるわけないのになあ。ジャンボといえど軍艦ではないのだし。

ボンベイの次はカラチ、そしてテヘランだった。当時テヘランに降りられたのだから貴重な体験だった。そのまま降りてじっと潜んでいればその後おきた空港テロなんかに巻き込まれていたかもしれないのだ。だからなんなんだ！　と言われてもしょうがないんですがね。

空港に降りるたびに隣の席の客はかわる。生きているニワトリを二羽、足をしばりサカサにしてもちこんできたおばさんがいて、キャアケバサバサキャアケバサバサと大騒ぎになった時があった。おばさんはよく通関できたものだ。まあ、その頃は世界あちこち、のどかでいい時代だったのですなあ。

たしかそのテヘランから乗ってきた男が一人旅の日本人で、ぼくと同じぐらいの年格好だった。そこまでくるとキャビンの客はすいてきていた。それでその人が通路をはさんでぼくの隣の席にすわったので、嬉しくなっていろいろ話をした。その人はベルギーまで行くと言っていた。同じ一人旅で、フランス語会話の勉強をしていた。ぼくのような即席八カ国語なんていうコンビニみたいな教科書ではなくいかにも専門書であちこち赤線などがひいてある。

そこであいかわらずドロナワながらそのセーネンにフランス語会話の実践的レッスンを頼んだ。


「郵便局はどこですか？」

「歩いていけますか？」

「おなかが痛いです」

「カミナリは近いですか」

「パンはどこで買えますか？」

「アイロンがほしいです」

「ジュティーム（愛してます）」

「ジュティームは大事なヒトコトですよ」とその人はそのジュテームのところで声をひそめ力強く言った。なるほど大事だろうなあ。とぼくも感心し「ジュテーィム、ジュティーム」と何度か大声で繰り返して練習した。

ぼくとその人のあいだの通路を碧眼の女性客室乗務員が通りすぎ、振りかえってぼくとその青年をじっと見ていた。

「でも、この単語はあまり大きな声で連呼しないほうがいいですよ」

かしこそうなその人は言った。そうだろうなあ。

またビールを飲み、めしを食い、映画を見てイネムリし、単純ながらそれでもいろいろ変化に満ちた旅はすすみ、やがてフランス到着となった。ジュテームの青年とは入関のときに握手して別れた。

お互いにグッドラック！

空港から乗ったタクシーの初老の運転手のフランス語がアランドロンみたいにファンファンファンファンファンと飛んでくる。でも当然ながら早口でまるでわからない。フランスでは老人もフランス語を喋るのだ！　というコトにおどろいた。

同じ質問を何度もしていたようだった。こちらはわからないなりに「ウイ（はい）」「ウイ」と酔っぱらったような返事を何度もする。もうそこまでいくと「このあんちゃんは何もわかっていないんだな」とわかりそうなものなのだがむこうはさらに同じようなコトを何度も聞いてくる。

このヒトぼくより上をいくバカなんじゃないのか、と思った。でもあとで思うに運転手は「あんたはコーリアかい？」「あんたはチャイニーズかい？」「あんたはジャポンかい？」などと聞いていたのだろうと思う。こちらは全部「ウイ」と軽快に答えているというのに。

屋根裏部屋

会社が予約してくれたホテルの部屋は屋根裏部屋だった。

もしかするとちゃんとしたまともな部屋が予約されていたんだけれど、あらわれたぼくを見て、この東洋のジャガイモあんちゃんならこんないい部屋に泊めなくたっていいかもしれないいわシルヴィプレ……、などと言ってホテル側が勝手にグレードを下げていたのかもしれない。

どうもぼくは日本から出たとたんにじゃんじゃんヒクツになっていたのよね。そうであっても毎日朝も早ヨから夜まで仕事で外に出ていってほとんど寝るだけのためにホテルにかえってくる日々だったから屋根裏でもまったく問題はなかったのだけれど。

サントノレ通りにある古めかしいホテルでしたなあ。でもパリのホテルはやっぱりかっこいいなあ、と思ったのは朝食だった。コーヒーとミルク、バター。それにいわゆるフランスパン。本場ものでっせ。でもあちこち見てもそれだけしかなかった。

フランクフルトはないのか！　シャケの切り身はどうした！　福神漬を隠しているのか！　待っていてもそういうものは何も出てこない、ということもわかった。つまりはそこに出ているもので——個人であんばいしなければならない、というコトだったのだ。

そこで先客を見てその真似をすればいいとわかった。飲み物のカップは何種類かの大きさがある。じっとあたりの様子をうかがっているとコーヒーとミルクを適量まぜている人が多いようだ。いわゆるカフェオレですね。でも当時、日本にはまだそういうものがはいってきていなかったんだよね。

焼きたてなのだろう。まだ全体がほんわりして食感はパリパリしているクロワッサンが絶品だった。そしてコーヒーがしみじみうまい。

それまでわが人生のコーヒーはインスタントが主流でそれほど「コーヒーだ！」と意識して飲んだことはなかったのだけれどカフェオレというものがしみじみうまいんだなあ、ということに気がついた。カフェオレをひとくちのんでクロワッサンをひとくち食べる。タハタハ。おそれいります。とりわけクロワッサンにはまいった。

世の中にこんなにうまいものがあるとは！

北杜夫さんの『どくとるマンボウ航海記』をその後読んで嬉しかったんですな

あ。北さんがポルトガルかどこかで初めてクロッサンを食べたとき、そのあまりのうまさに「パンツの紐がゆるんだほどだった」と書いている。

北さんはぼくより一、二世代上である。その頃の世代の男はフンドシから紐締め式のパンツになっていた。

ぼくはフランスのホテルでうますぎるクロワッサンを食べ、パンツのゴムをぐいんとのばした。コーヒーをもっと飲みたい。あたりの様子をうかがうと、おかわりはまったく自由なようだった。

「いかった。いかった（よかった）！」

フランスにきていかった。

ななめ前の老夫婦のテーブルにウエイターがあつあつのオムレツらしきものを持ってきたのが見えた。

注文するとそういうコトができるらしい。おいしそうだ。ぼくも頼みたい。しかしそれにはフランス語で頼まなければならないようだ。でもそれは無理だ。すると自分は永久にそれを注文できないコトになる、ということもわかった。

その後巨大な海の中の神殿モンサンミッシェルに行ったときのことだ。入った店はオムレツが名物のようだった。観光地にあるそういうレストランはどうやら英語が通用語らしかった。でも英語をべらべら喋れるわけではなかった。食いたいあまり逆上して連続カタカナ英語で頼んだ。

「あの、エと。失礼ながらこちらに、結局、つまりはキマリのひとつであるところのオムレツを頼めるか！　しかしながら当然、駄目か！　よろしか！　なぜならば、わたしは欲している！　可能ならばそれを出してほしいの。今すぐにそうしてほしいの」

こういう必死の経緯をたどって眼の前にあらわれたそれを食べた。

ぼくの必死の申し出を前にウエイターは、このヒトは放っておくとアタマおかしくなってしまうかもしれない、と思ったのだろう。

なんとか通じたらしく神様のごときアツアツのフライパンごとオムレツが出てきた。

その店は**オムレツを作るフライパン**を売っているらしいことに気がついた。いいものを見つけたと喜び、それをおみやに買って帰ったのだった。

家ではそのフライパンをしばらく使っていたようだが、ある日妻はすまなそうに言った。

きょう底の丸いフライパンを買ったわ。

フランス製の立派なフライパン、実はあれものすごく重くて腕を傷めてしまったのよ。ごめんなさい。

謝るのはこっちのほうだった。ああ実際に使っているひとにはそういう問題があるのだなあ、と理解した。そういえばフランスのレストランでフライパンを振り回しているのは腕の太い、太ったおっさんがやたらに目についた。

お土産は人形なんかよりも実用品がいいはずだ、と一方的に思っていたものの、文化が違うと必ずしもそうではない、ということを知ったのだった。

ひとつのフライパンは美しい。いや、五、六個あっても美しさは変わらない。でもあまり沢山ぶらさげていてもオムレツ屋さんをやっているわけでもないのだからそれらをどう使ったらいいかわからないから困る。というコトになります。

ゆえにひとつのフライパンは美しい！という

ここにあるのだ。
フライパンを考
えた人は火の上
にのせたオナベ
をどういうふうに
扱ったらいいか
かなり考えたはず
だ。その人の知を知
りたい。
フライパンさんと
いうのだったら偉いのだけれどねえ。

おっかなびっくりで失敗の多いぼくの海外初旅だったが、それゆえある程度キチンと用心して行動する、ということが身についていって結果的にはいい方向にいけたような気がする。

国際的な観光地は低俗で幼稚で危険ばかりだ、ということもよくわかってきた。日本人と時々街角やレストランで出会った。一人でいるのはぼくぐらいでたいてい日本人はピカピカにおしゃれした小団体だった。旅ガイドらしいヒトがくっついている。「電車ごっこ」みたいに紐でまわりを囲って移動しているように見えた。

そういうグループはやたら目立って危険だった。それを見てぼくは次第に服装に気をつけるようになっていった。田舎くさいショルダーバッグは捨て、あまりいい服は着ないようにした。もともと最初から適当な作業着みたいなのを着ていたのだが、ピガール広場、というキケンゾーンの近くでみかけた古着市みたいなところで服を一新した。そこで買ったジーンズはダブダブでよくみるとあちこち白いペンキが散っているようなやつだったがはきごこちはよかった。それにポケットがいっぱいあった。フランスのコインは小額でも重いから役に立った。

言葉はそういう古物屋とか食料品を買う店や安レストランで主におぼえた。例の八カ国語会話レッスン本はまるで役に立たない。その本は「いる」とか「いらない」といった基本的なキーワードに直面したときに役に立った。言い回しが単純でないと忙しい商店などでは通用しない、ということもよくわかり、自分の力でクロワッサンを買えたのはフランスにきて二週間ぐらいしてからだった。通じるので嬉しくて八ケも買ってしまい三本ほどパサパサになって分解し、食えなくなってしまったのだったが。

パンじゃなくてペン、モンブランの太軸ペンを社長から「おみやげとして買ってこい」と頼まれていたので滞在日数が残り少なくなった頃プランタンというデパートに買いにいった。売り場の太ったおばちゃんに一番重要な希望するペン先の太さがなかなか通じない。「B」の太さが所望のものだったのだが「ビー」の発音がまったく通じないのだ。何度も言いなおし、ほとんど泣きながら紙に書いた。

「おお！　べー」

やっと通じた。そういえばアルファベットのフランス語読みの実践練習はまだしていなかった。「勉強はキチンとしておくもんだ」とつくづく思った。あの例の「ジュテーム」もまったく使えない。あたり前か。

「B」が通じたお祝いにクロワッサンを三個買った。そろそろ本格的に予算が少なくなってきていたのでその夜のめしはサントノレ通りを屋根裏部屋から見おろしながらビールとクロワッサン三個だけにした。でもその日もパリのパンはうまかった。

カンナとノコギリに裏切られた

ヨーロッパの道具は日本と同じ用途でも使う方法がまるで違う、ということを認識したのはそのあとの旅だった。ぼくは少年時代から大工仕事が好きで、けっこういろんな体験をしてきた。同じ用途をめざすのでも道具の使い方が逆になっている、というコトを知って愕然とした。

パタゴニアの牧場にお世話になっていた頃チリ人の牧童らと親しくなった。かれらは牧場の管理、維持のためになんでもやる、というかあらゆる雑用をさせられている。

大工仕事をしている牧童がいたので、それならおれっちもけっこう役に立てるぞ、と思い手伝おうとしたら、ぜんぜん手伝いにならなかった。わけはやがてわかった。道具の使いかたが日本のそれとはまったく逆なものがけっこうあったのだ。

刃の向きを見てわかったのは**カンナ**だった。日本のカンナはむこう側から手元にひいて削るようになっているが、牧場のそれ（というよりも南米では）その反対に手元からむこうへ押して削るようになっていた。そんなカンナを初めて使ったのでしばらくは全然手伝いにならなかった。

ノコギリも同じだった。引いて切るのではなく、押して切るようになっている。それに気がついたときにまったくズッコケそうになった。どうしてこんな単純な道具が地球の位置によって反対の作動になってしまったのだろう、としばらく考えたが、考えてわかる、というコトでもなかった。

カンナの
生きる道は
まっすぐだ。
問題はその方向だ。
こっちから向うへ
か、むこうから
こっちへか！

よく考えると
そのふたつに
ひとつしか人生の
道はなかったん
だ。まがりくね
った道や登り
坂や下り坂
もあるからなあ。

漁師ナイフと軍隊ナイフ

ナイフはキャンプ生活をしながら移動する旅などのときにまず第一に必要となる生活必需道具だ。それも長いことといろんなことに臨機応変に使いこなしてきた文字どおり手になじんだものが役に立つ。

かつてアリューシャン列島の先端部にあるアムチトカ、という無人島に七人の男たちと小さなタンケン旅に行ったことがある。

江戸時代に伊勢の白子（しらこ）というところから出帆した千石船が遭難、漂流してアリューシャン列島のその島に漂着し、四年間も悲惨な暮らしをした後、ロシアに流れてさらに十年間さまよった、という足跡を映像で追っていく、という取材仕事だった。

我々はまずアラスカのノームというところに行き、双発の飛行機をチャーターし、食料などの準備をした。

アムチトカ島はアリューシャン列島の最果てにあった。ノームから千キロほど離れている。太平洋戦争のときに日本軍が軍事基地にしていた島だった。終戦後に無人島になったここでアメリカ軍が原爆実験をくりかえして、島の形が変わってしまったという。

そういうところに飛行機で行くには日本軍の作った滑走路に降りるしかない。五十年ほども放置してある滑走路だった。

我々は不測の事態も考慮して七人の一カ月分の食料を持っていった。無人島にヒコーキで着陸する、ということはタイヘン乱暴な話なのだった。地上にヒトは誰もいないのだから、滑走路をよく調べて整備してもらう、という最低限のこともしてもらえないのだ。生き物は海にはオヒョウ（タタミ一枚ぶんぐらいある巨大なカレイ）陸にはラッコぐらいしかいない、ということはわかっていた。

滑走路の点検は低空飛行してパイロットが目で見て判断する、という原始的な方法だった。降りるときのショックで滑走路のどこかが陥没したりすると、それで確実にみんな人生はおわりだった。あとはゾンビとして生存できるかどーか。

映画「ダイハード」じゃないけれど、考えてみるとぼくはどうしてこんなふうにいつもヤバイ局面に遭遇するのだろうか、という不安が募る旅だった。アムチトカ島はすさまじい天候で、雨と吹雪と雹と晴天とタツマキが一日のうちにみんな組みあわさって襲ってくるようなところだった。

島にエンピツよりも太い木はなく、飲み水は変形した土地に出来てしまったたまり水を飲むしかなかった。ガイガーカウンターで放射能を計測しながら取水するという生活だ。放射能検知カウンターからはいつもかならずうるさい警告音がひびいていた。

かつてはアレウト人が住んでいて、ゴミ溜めのようなその人たちの地下住居などが残っていた。アレウト人は野獣のような生活をしていたのがよくわかった。そこでの取材の日々はすさまじいものだったがなんとか済ませ、予定どおりの仕事をして誰も死なずノームに帰ることができた。

そのとき途中の有人島でちゃんとした滑走路のあるアトカ島というところに降りた。帰路は余裕に満ちて快適だったのだ。

その島で一日だけの休暇になり、そのとき島の漁師の使っているナイフがすっかり気にいってしまって、それを二十ドルで手に入れた。

でも漁師が欲しがったのはぼくの持っていた大型のアーミーナイフのようだった。いわゆる軍隊の使う十徳ナイフである。交換すれば漁師はよろこんでくれそうだったが無粋にカネと交換してしまった。

ナイフは常によく研いでおき、研ぎたてのときはカミソリのように使い、フィールドでは斧のように使えるのが理想のナイフだった。そこで手に入れたのは実際そういうものになっていき、いまでも重宝している。

アマゾンの手づくりアナコンダ

マゴの手をどこで手に入れたのか記憶はない。日本だったかもしれない。柄が長いのが使いやすそうだった。でもマゴの手の常で実際に使いたいときにはどこ

ナイフはまっすぐな姿が
美しい。
このくらいの大ぶりのやつも鋭く研いで
ヒゲを剃り、やがてたき木を作れる
ようにするのが正しい考えなんだ。

かへいってしまってしかたなくモノサシなどで代用していた。モノサシは柄の部分が頼り無いのでそんなに役には立たなかった。

アマゾンに行った。アマゾンは到着して十日ぐらいたたないとまわりの風景を落ちついて眺めることができない。あちこちの風景がデカすぎるからだ。

なにしろアマゾン川からして川の概念をこえている。長さは七、八千キロ。雨期と乾期ではスケールが違っている。上流域に二千キロ級（日本列島ぐらいだ）のアマゾン上流が何本もあり、その年の気象によって川の長さがちがってくる。だからアマゾン全体の長さがはっきりしないらしい。

河口の幅が四百キロもある。片一方の河口の岸に立って向い側の岸を見ようとしても見えない。それはそうだ。四百キロというと日本のどの川よりも長いのだ。アマゾンは日本の川でフタをしようとしてもできないのだった。

ぼくは奥アマゾンにむかっていた。

三十人乗りぐらいの小さな船で行く。甲板にハンモックをかけて眠りながら旅をする人が多い。川風に吹かれてここちのいい眠りを得られるのだ。

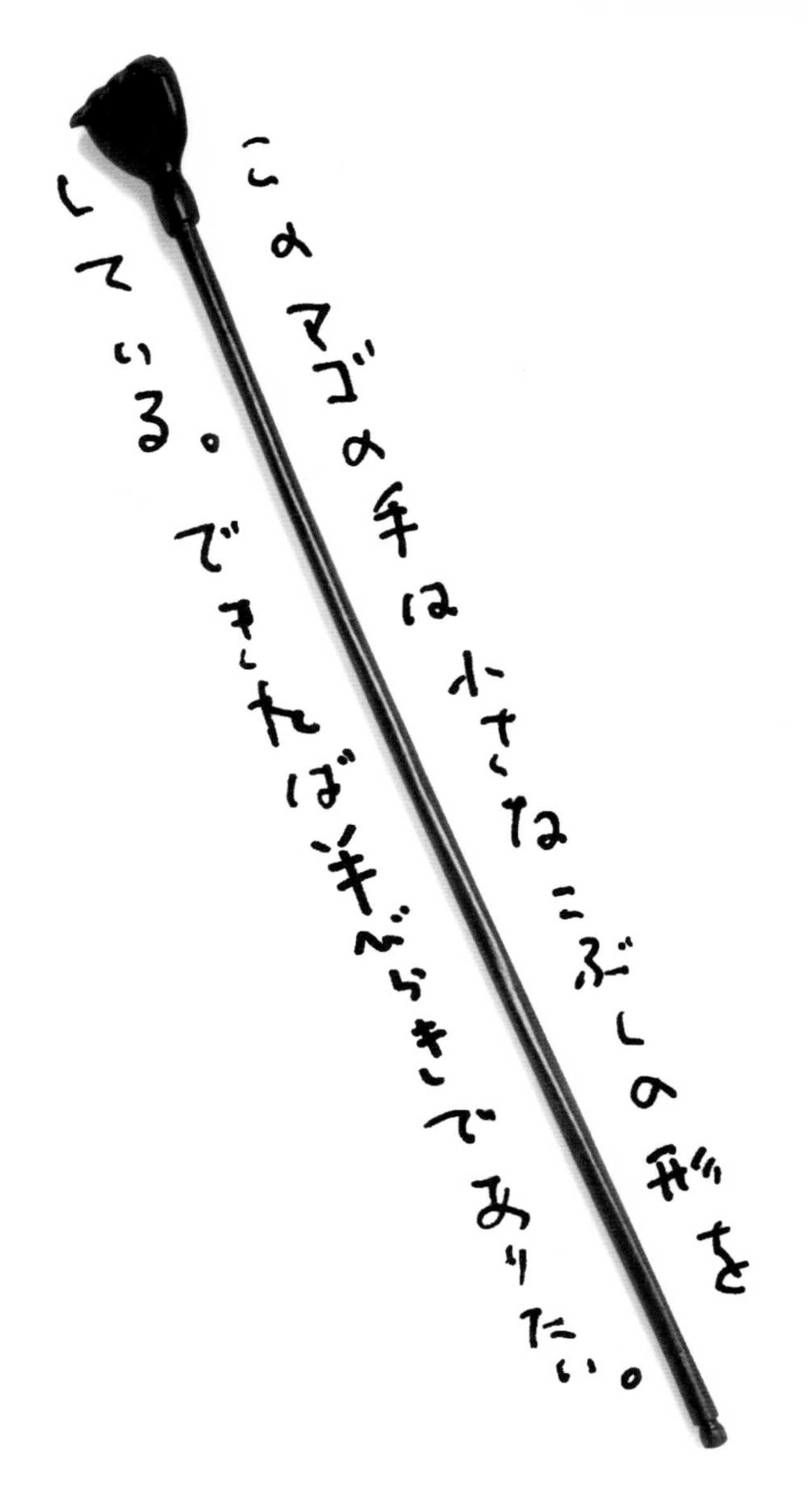
このマゴの手は小さなこぶしの形を
している。
できれば手べらきでありたい。

アマゾンで出会ったパドル。一本の木から削って作った。

最初の目的地は奥アマゾンのパラ。むかしアマゾンに入っていく探検隊はたいていそこに寄っていったパラ州の州都である。

そこから先へはもっと小さな船に乗りかえて行かねばならない。巨大ジャングルに入るのでひと息できるのはここまで。

カヌーを使うことが多くなっていった。アマゾンではカノアと呼ぶ。それを漕ぐ**パドル**は個人が自分で木から削って作っていくのが伝統的なものになっているらしく、デザインがすごく綺麗だ。一目みて「機能美」という言葉があたまをかけ回った。

そこまでくると河口から七千キロ。吠えザルが常に吠えまくり、ナマケモノが我関せずアマゾンの人々はみんなそうやって作って笑っている。

と徹底的に存在感を消して高い木の幹にしがみついている。

　カノアで浸水林の中に入っていく。雨期になって、ジャングルは水深七メート平均で水没していた。アマゾン川の洪水である。森閑とした水没林の静寂。そのあたりにはインディオのワイカ族が住んでいた。

　彼らには「アリが好き」という特殊な嗜好があってかなり大きなカミツキアリを沢山つかまえてきて火鍋で、アリのシャブシャブをつくって食べていた。

　一センチもある大きなアカアリを熱湯でくたばらせてから食べるのだ。少しもらったが蟻酸が強すぎて、多少の練習や経験ではたち

アナコンダを見ることはなかった。のアナコンダは見た。

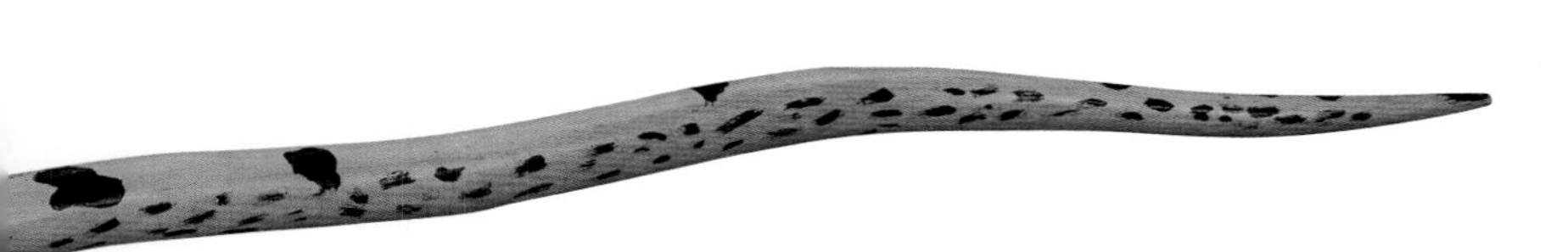

うちできない、ということがハッキリわかった。
　そこから少し離れたところでは女たちが集まっておしゃべりしながらなにかを作っているようだった。よくみると何匹かの派手な色のヘビが彼女らのまわりにいてただゴトではないのがわかる。用心しながらカノアを接近させていった。ヘビは二、三メートルはありそうだった。いったい何がおきたのだろうか。見当がつかない。女たちはみんなネイティブのようだった。
　接近していくこちらをじっと見ている。用心している感じではなく、少しだけ注意している、という程度だった。
　最接近してわかったのはヘビは二、三メー

ジャングルで本物のでっかい

目の前を横切っていく赤ちゃん

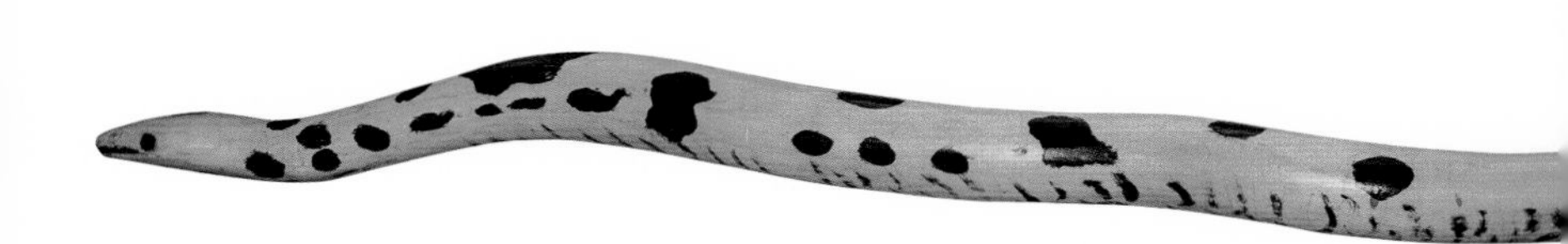

トルはあったがみんな静止しており死んでいるようだった。間もなくわかってきたのはその女たちは五人いて、みんなでそれっぽい木の枝に色を塗り、模様をつけ大蛇（アナコンダ）を作っているのだった。

言葉は通じないが、雰囲気としてその蛇は売り物らしいとわかった。またしても二十円ぐらいのものだった。可愛いいアナコンダだ。亭主（かどうかはっきりとはわからないが）らがアリのシャブシャブで騒いでいるときに妻たち（かどうかはわからないが）は木の枝でヘビづくりの内職をして働いているのだった。

問題はこういうものを買う客がいるのかどうかだ。その気になればオーダーメイドで十メートル級のを作ってもらえるのだろうが、いったい誰がヨロコンでくれるのだろう。などと迷いつつその**手づくりアナコンダ**のなかでも一番小さいのをついつい買ってしまった。でも日本に持って帰るのにはどうしたらいいのかしばし考えた。

結局使っていたパドルにしばりつけて飛行機にのせた。運んでいるのは木の枝だったから無事通関。何も言われなかった。今はぼくの部屋の天井からぶらさがってたまにくる客を脅かせている。

Ⅱ インドの神サマやアフリカのイモリ様

踊るシバの神さま

インドを旅していると、異文化の魅力に惹かれ、それに恐れ、そして惑わされます。ぼくは本質的にバチアタリの人生をおくってきたので神サマ仏サマに何もありがたさのようなものを感じずに生きてきました。だからインドという多神教の国ではあらゆるところでいろんな神サマと出会い、このままでいるとわが身の明日に大きな不安を感じ、なんとかせねば、という不安につつまれ、天や大地を眺めて呆然としておりました。

といっても、だからどうしたらいいのか、何もわからない。ある日、ガンジス川沿いでいろんなモノを並べている露店でフラフラッと小さな神サマ像を買いました。それを安ホテルの小部屋の棚におき、ナンをさしあげたりカネを叩いたり、手をあわせたりしてインド人の巡礼の真似ごとをしていたのです。

インドはいたるところに神サマがいます。場所によっては神サマだらけだったりするので、信仰心のないぼくなどは沢山の神サマを前にしたりすると焦ってころげてしまいそうになります。

「神サマ屋さん」（……で、いいんですよね）で手に入れてきたずしりと重い合金製の神像は、インドのいたるところで眼にする**シバ神さま**で、なかなか魅力的な顔と肢体をしております。

男なのか女なのかよくわからないのですが、本によると神さまはそのどちらでもなく、シバ神はすべての破壊の神、ということだけがわかりました。

破壊からなにか生まれてくるものを待つのだとしたらサルトルだってそう言っとります。だからといっても当方にはやはり深いところは何もわからないのです。

このシバの神様はけっこう大きく、身長三十センチを超えています。

インドの新聞にくるんで灼熱のカルカッタから東京のわが家にまでおいでいただきました。神サマからしたらわが家などずいぶん俗の気配に満ちているところだなあ、と思ったことでしょう。でもシバ神さまにすべて破壊されなくてよかったです。シバ神さまはその後黙ってずっと本棚の端で踊っておりますので。

踊るガンジス川のシバ神。天地の形をあらわしているという。

その次の話は鍵です。ひところぼくは外国を旅しているあいだにできるだけ金物屋に行きました。どんな辺境の集落でも金物屋はかならずあって、そこにはその国の人々の暮らしを象徴するような生活用具の代表というべき「鍵」があったから、お土産屋には魅力がなくてもカナモノヤはかならず覗いておりました。

ここにある不思議なものは鍵と鉤、とでもいうべきものでしょうか。ぼくの妻が現地で手に入れてきたものです。砂漠に住むアフリカのドゴン族が実際に使っていた**鍵**（日用品）です。

これも大きく全長七十センチを超えております。古くて固く引き締まった木でできており、横に刺さっているのがいわゆるキイで、鍵をかけるのも外すのも重く、女性一人ではちょっとむずかしそうです。でも家にカギをかけて買い物に出たりするときにうっかりキイをなくすことはまずない筈です。それからまた鍵がこんなに立派だと鍵そのものを盗まれてしまうのではないか、と心配します。イモリ系の顔と体軀をしておりまして、その親戚にヤモリがおりますね。ヤモリは「家守」でつまりそれでカギとつながっているのですね。たぶん。

①アフリカの
ドゴン族の
カギ。
②横に刺さってい
るのがつまりはキイ。
③外出の時
キイは重いが
無くしにくい。
④イモリの形であ
る。家守（やもり）なのだ。

巨大フライパン

次はまたもや**フライパン**です。まさにフライパン。上から読んでも下から読んでも……あーっ、それぞれ違いますね。難しいですね。これはロシアのイルクーツクという、もうシベリアといっていい東北のはずれの田舎の店に入ったときに白い壁にぶらさがっているのを目にして思わず買ってしまったのです。フライパンについては本書の一章にいろいろ書きました。どうもフライパンを見てしまうと素どおりできないタチなのです。

デカいフライパンは目につきます。そしてこればかりはポコラレンでもヒストジャンでもイーレンハイリコフでもなく、フライパンなのでした。なにを言っているんだオレ。

ぼくはこれを見たときに前の失敗も忘れ、すぐに買う態勢になり、値段をききました。大きさのわりにはそんなに高いものではなく、カナモノの部分はアルミとなにかの合金のようでした。とても大きく。把手をいれた全長は一メートルを軽く超えていました。金属部分は直径五十センチくらいありましたが軽いのでそのまま肩に担いで宿に持って帰りました。

でもノーテンキな旅人（ぼくのことですが）はその無意味と思えるデカさがいいのだ、などと家族の前でほざいておりました。

問題は何の料理につかうのかよくわからないことでしたね。

おどろいたことにそれから（フライパンを買ってから）二、三日たって、村にこの噂がひろまっていたことです。この噂ってフライパンとぼくの噂です。

小さな村なので、こんなに大きなフライパンが売れるなんて何年かに一度の出来事だったらしいのです。

「ハポンの男がやってきてすぐに買っていった」というような噂のようでした。でも売った店としてはそれでおしまい。ぼくは謎の日本人として人々のちょっとした数時間の記憶に残った、というコトなのでしょうね。

ぼくはそのデカフライパンがなんのためのフライパンなのかまるでわからないまま日本に持ち帰り自宅の壁にぶらさげておりました。

やがて十年ぐらいしてこのフライパンの用途を知っている人があらわれました。旅の人でありました。

「これはベラルーシュとかウクライナとかロシアの農村地帯で祭のときに使われる大量のジャムをつくるときのものですよ」旅の人はそう言って風とともに去っていきました。

だからそのフライパンは草原のないわが家で使われることもなく、それから何年も、ただもうひまそうにぶらさがっているだけでしたよ。それから今、あのフライパンはエート、さていったいどこへいったのでしたかねえ。

大きい
フライパン。
百ミチセンチ
ぐらいありました。
あまり大きい
ので何をつくる

ものなのか
わからず。
ロシアから
わが家にやって
きてしばらく
どちらも困って
おりました。

ロシアの謎のガギガギ物体

さて次のこのガギガギしたいかにも手にあまりそうな物体はなんなのか。とりあえずそのまま不思議な造形物、と思って見てください。しかしぼくが見た当初は謎に満ちておりました。手に入れたのはサハ共和国（以前はヤクート自治共和国といった）の金物屋で、厳しい真冬のことでした。

シベリアの東のエリアにあって冬は毎日マイナス四十度をくだっていました。そこからさらに一時間ほど飛行機で北に飛ぶとウスチネラというところにつきます。

ここはある年マイナス七十二度という北半球でもっとも低い温度を記録したそうです。北極圏よりも温度が低いのです。

実際に行ってみるとたしかにすべて凍った町でした。北極圏よりも寒い。北極圏は海に囲まれているのでシベリアよりもまだあたたかいのです。

このガギガギした機械というかまあひとつの道具は、シベリアの凍りついたような世界をオロオロ移動していた頃に手に入れたものでした。町の金物屋で購入したのです。

極寒でも金物屋はやっています。寒いときはとくに金物屋は需要が多くなるようです。極低温によって住まいや暮らしになにかしら道具や機械（エンジンなど）が必要となるからなんでしょうね。

そうでした。問題は、ここにあるこのモノはいったい何か？　ということでした。日本ではまずお目にかかれない筈です。クイズをしていてもしょうがないので早めに正体をあかしますとこれは野外の「**氷穴あけ装置**」です。装置というほど複雑なものでないけれど、とりあえず説明すると、使用するためには折れ曲がっているところを延ばします。すると全長三メートルぐらいになります。

サハのあたりにレナ河という四千メートルほどの大河が北極にむかって流れています。しかし冬は全面凍結しているので厚さ二、三メートルの氷の下を川は流れていることになります。

このガギガギ
物体は
氷の海や湖
に穴を
あけるものです。

↗このあたり
をひろげます。
3メートル
ぐらいに
なります。

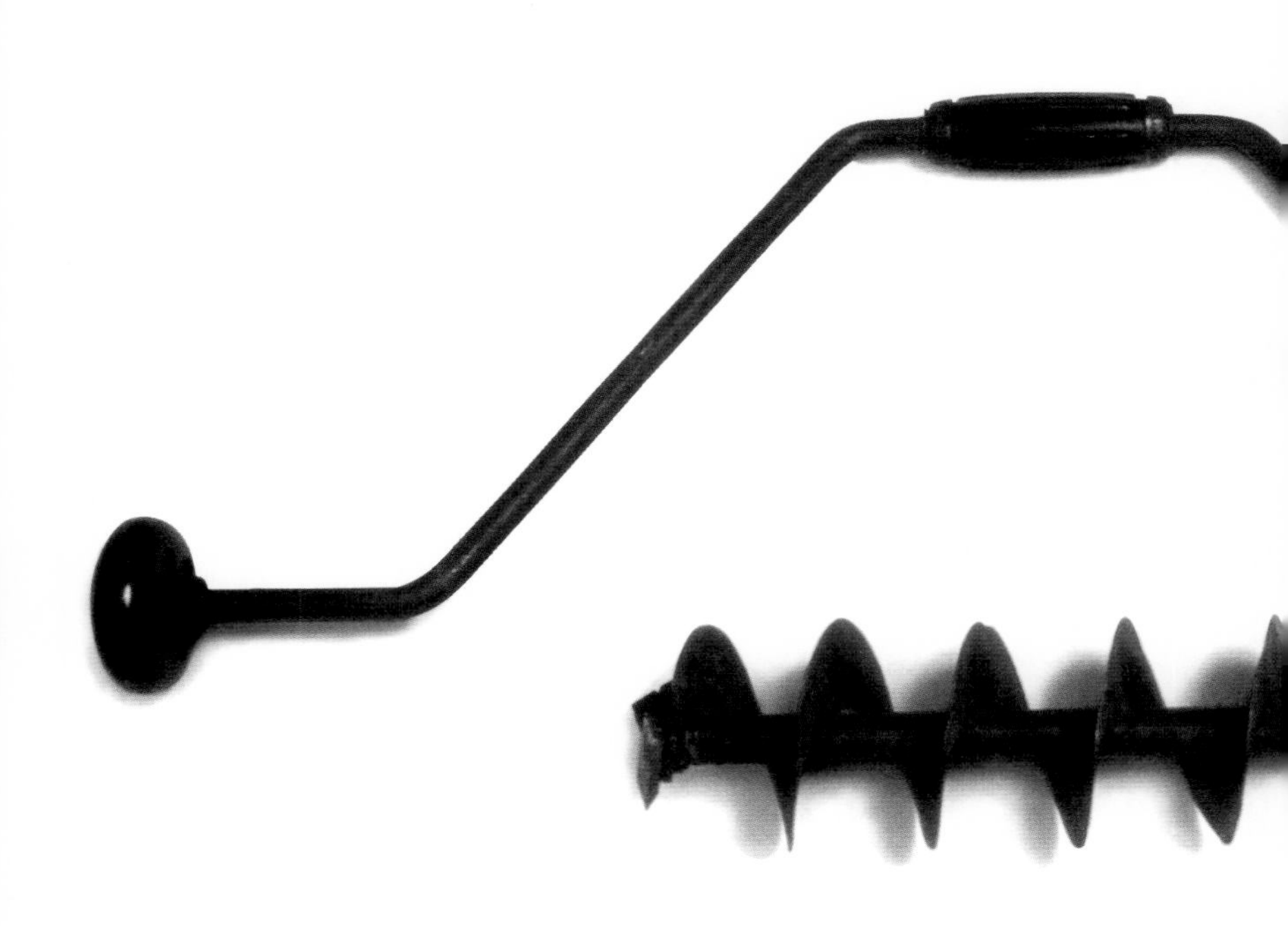

鉄が食いつく

この大河には海にいたるまで四千メートル、橋はひとつもありません。「吊り橋」でないかぎり通常の橋は作れないのです。氷がとける春には厚さ二、三メートル。タテ、ヨコ五、六メートル四方の巨大な氷のブロックがどっさりできていて、それがごんごん流れてきて橋桁などみんな木っ端みじんに粉砕していってしまうので、通常の構造の橋はまったく作れないのです。

極寒というのはつくづくあちこち厄介なものだ、ということを理解したときでもあります。全部鉄で作られているので、極寒で使うときは注意が必要です。

シベリアには「鉄が食いつく」という言葉があります。

極低温のときに素手で鉄などのカナモノに触ると溶接したように人間の肌がそこに密着してしまい簡単には剝がれなくなるのです。屋外でそういうことになったときはくっついた鉄とともに温度のある室内に素早く避難し、ヤカンの湯気などを慎重にまんべんなく吹きつけていればなんとかそれで融けるように剝がれるけれど、動かせない巨大な鉄の機械などとくっついてしまった場合は素早く人間の皮膚をナイフなどで剥ぎとらないとどんどん体全部が凍って融合し、たとえばクレーン車などの場合「恐怖のクレーン男」となってしまうのです。

ところでこのガギガギ物体。氷の表面に穴をあける道具、と紹介しました。ギザギザになっているところはつまりはドリルで、この先端を氷に突き刺し、細長い把手のように見えるものを片手に握り、もう一方の手で丸い把手を回すと厚さ一メートルぐらいの氷でもグリグリベリベリ割り込んでいき、やがて直径十センチぐらいの穴があくのです。とはいえヒトの力ですから厚さ二、三メートルの氷となればいくら力もちでも貫通するのに二、三十分ぐらいかかるといいます。

なんのために氷に穴をあけているか、というと魚を釣るためです。

日本でも真冬の山上の湖などのワカサギ釣りなんかで同じようなことをしているから思いあたるでしょう。ただし、日本とシベリアとではずいぶんスケールがちがっていましたなあ。

ぼくがこれをよく使ったのはバイカル湖でした。狙うのはオームリという陸封型の小さな鮭です。小さいといっても二十センチ、大きいので三十センチはあるので釣れるとけっこう手応えがありました。

空中でピクピクっと数秒激しく暴れ、氷の上に転がすと二、三分ほどで静かになります。その段階で早くも凍ってきているので飛び跳ねようとしても空中で全身が凍って固くなってたちまち動かなくなってしまうのです。カチンカチンのそれを宿に持って帰り、一時間ほど外に出しておいてさらにカチカチ度を強めていきます。

頃のいい時間になると食卓に持っていき、そのままナイフで薄く切ってシオ・コショウなんかで味つけして食います。凍っているサーモンはスルスル面白いように薄切りできます。大きなルイベですね。口のなかにいれてしばらくすると溶けてきて、それはもうおそろしくうまい。

この大きなドリルを日本に持ち帰るべきかどうか、というところでやや迷いました。でもこれからの長い年月、日本の湖に二メートル以上の氷がはりつめ、川は全面凍結、などという事態はまずないだろう、という確信もありました。

それでも捨てて置き去りにする、ということはできず、厳重な梱包をして、日本に持ちかえり、きたるべき事態に備えていたのですが、結果的には日本でもいままで何度も冬をむかえてきたけれど厚さ一メートルの氷さえ張らないので結局一度もこのギギガガ物体は活躍できなかったというわけです。

アザラシには内緒の卑劣な武器

次頁の三角錐型の物体も不思議な造形で、まずなんだかわからない筈です。しかしシベリアの地のさらに北で見つけたものですからそれなりに意味があるのです。いや、とくに意味はなかったですかね。

シベリアよりももっと北といったら北極圏です。ユーラシア大陸の東のはずれにチュコト半島という、地図を見るだけで「最果て感」いっぱいの広大なエリアがあります。その東の先はベーリング海でその先はアラスカです。

【回転銛】

アザラシなどに突き刺さると

先端部分がこう回転して

はずれなくなる　おそろしい奴です。

半島のはずれにエスキモーのネイティブの村がありそこに住んでいる少数民族はユピックといいます。ある年、そこまではるばるタンケンに行きました。もう宿などないから滞在中はそのユピックの村の村長さんの家にやっかいになりました。村には猟師しかいません。

だからほんの十年ほど前までは氷のイグルーに住んでいたようです。何も情報のないままそこまで行ってしまった地元迷惑な旅人でした。

話はトビますが、ここをめざしたとき、ゆっくり地図を見たら日本からただもうまっすぐ北にむかって北海道をこえ、カムチャッカを縦断し、ロシアに上陸し、さらにどんどん行くと目的の場所に到達、ということがわかりました。まったくの北の最果ての直線北上です。しかしそうするためのルートを進む手段は何もない、ということにも気がつきました。

飛行機の路線はまったくないし、もちろん道路もない。さらにそんなところを突き進んでいくには命と時間がどれほどあっても足りない、というコトにも気がつきました。

実際に日本からその場所に行くためには、まずアメリカ（アラスカ）に飛び、そこからベーリング海峡をのぞむノームというところに行き、プロペラ機でロシア側のプロベデニア、というところに渡ります。ぼくがノームに行くのは二回目でした。あんな最果てのところにそんなに何度も行くとは思いもよりませんでしたがねえ。

かつて東西冷戦のときにロシアとアメリカがいちばん近くに敵対していたところなのでロシア、アメリカ双方のミサイルが向きあって林立していた、というとんでもない光景のところだったと聞きました。

その頃ロシア兵の二万人超が駐屯していたというプロベデニアは、軍が撤退したいまはおびただしい武器も兵隊の滞在街も廃墟となり、案内のロシア人はもしや核戦争勃発のときに一番早く廃墟になる町といわれていましたが、ロシア側も二万人がひきあげてしまったので核戦争がおきなくても廃墟のような町になってしまいました。と、やや自虐的に言っておりました。

このプロベデニアには小さな食品雑貨店しかなかったのですが、そこで手に入る携行食料をできるだけ買い求めユピックの村にむかったのです。

途中、氷の峠があり、そこを越えるには犬ゾリもしくは戦車のような外見をした無限軌道車（キャタピラで進むやつ）のどちらかで行くしかない、ということがわかりました。

無限軌道車はみるからに安定感がありましたが氷の山を登攀するときと下降するとき横向きになる傾斜に弱く、昨年横すべり事故が起きて氷の谷に落ち二十人ほどの死亡事件がおきた、という話を聞いたところでしたがかといっていきなり犬ゾリで、というわけにもいかず、その戦車のような奴で峠を越えユーラシア大陸の東の果てにむかうことになりました。

キャタピラ車はまさしく戦車から砲塔をとったような形をしていて横に七人も座れるようになっていました。安定のために幅が広いのです。動きだすとものすごい音で疾走中はほとんど会話はできません。

凍った峠を越えるときは吹雪がくるとルートがわからなくなり、間違えると複雑傾斜が襲ってきて簡単に遭難するだろうな、ということがハッキリわかりました。暖房なし、空気も凍ってしまうようなところを行くのに操縦者も乗客もなぜかみんな汗びっしょりでした。

目的のユピックの村まで難所から二時間ほどかかりました。途中、家はもちろんヒトも動物もまったく目にせず、雪と氷にとざされたまさに「さいはての村」がずっとむこうにマボロシのようにぼやーっと見えました。かつて砂漠の旅で蜃気楼に悩まされましたが、雪の世界にも白い蜃気楼があるのだな、ということを知りました。

世話になる村長さんはまだ若く、村の狩猟長も兼任しているようでした。北極圏のこういう村の人々の主食はアザラシ、セイウチ、小型のクジラなどでみんな生食です。そこにいるあいだ何度かそういう猟に連れていってもらいました。

村の前にビスケー湾という極北にしてはなかなか豊かそうな海がひろがり、村から二、三キロの海の上までは氷が張っているので猟をするのはむかしは犬ゾリ、今はスノーモービルで氷が張っている先端部分まで行き、そこからライフルでアザラシを撃つのがいつもの仕事のようでした。氷の厚さは計測できず、すべてはかれら猟師らのカンでいくようでした。

撃ったアザラシは氷の海の上で解体します。素手でやります。あとでわかったのは哺乳類のアザラシは氷海でも通常二十度ぐらいの体温があるのでひきあげてすぐに素手で解体したほうが楽なのだということです。銃を使えないときはカヌーで近くまで行って銛で仕留めているようです。この三角錐型をしたナゾの物体はユピックがそんなときにもっとも頼りにしている「**鋭角回転銛**」というものでした。

この回転銛が発明される前までの銛は、先端が槍の穂先のように鋭利にとがっているだけなので二、三人で角度をかえてアザラシに打ち込まないと刺さってもあっさり抜けてしまって獲得することができず、無念な思いをしていたそうですが、この回転銛はアザラシやセイウチなどに刺さると先端部分が回転して「T」の字形になり、一本でがっちり抑えてひきあげることができるというわけです。

写真ではペリカンの顔みたいに見える銛の先端部分が獲物に刺さると回転します。引き上げると丈夫なアザラシの皮にひっかかるからアザラシは逃げられず、確実に捕獲されてしまう、と説明してくれました。

刺されるほうとしてはたまったものじゃないのですが、猟をするほうとしても自分らの命と生活がかかっています。なにしろ海とか氷の山から獲物をとる以外に食べるものが何もない、という場所なのですからねえ。この回転銛ができてからは一人でカヤックで沖に出ても猟ができる、というわけでずいぶんありがたかった、と村長さんは言っていました。

そうしてぼくが帰るときに「わたしらを忘れないで」と言って古くなった回転銛のひとつをくれたのです。

毛皮の重ね着

そうそう、この不思議な世界にいるあいだ、エスキモーの典型的な服装をさせてもらい狩りに出たことがありました。

ぼくが与えられたのはカリブー（野性のトナカイ）の毛皮でできた服でした。上下ツナギです。大きくて厚くて重い。着るにはまずスッパダカになってカリブーの毛皮を内側にして上下これを着ます。ツーピースなのです。最初は絶叫するほど冷たくキツキツでしたが、あとはそのほうがいいみたいです。その上にやはりカリブーの同じような大きさのツナギの毛皮を、今度は毛が生えているほうを外側にして着ます。毛皮の重ね着です。ものすごくでっかいヒトになりました。中身入りのヌイグルミになったような気分です。

十分もするとものすごく暖かくなりました。びっくりするほどです。最初にスッパダカから毛皮服を着たときはとてもこれじゃ出歩けまい、と思ったのですがなんのその。

村長さんの知り合いでいつも犬ゾリで行動している猟師が来てくれて、それに乗ってビスケー湾の氷の上に行きました。かなりのスピートで冷たい風を切るけれど問題なしです。

ソリがその隆起に大きく弾むと、馴れていないときはそのまま外に転げ落ちましたが、雪の積もった氷の上に落ちてもなんとあまり痛くないのです。ダブルの毛皮服がそうとう柔軟な緩衝材の役目になっているらしいとわかりました。

さらに雪の上にころんでも、毛皮だとあまりそこに雪がつかないのも想像できなかったすばらしい体験でした。

何度もそういうことを体験しているうちにわかってきたことがありました。ぼくは格好だけではなく機能も動物のようになっていたようなのです。

雪のなかに犬などがころがってもからだにたいして雪がつかない、という見聞と体験です。ぼくは心身ともに中身入りのヌイグルミになっていたようなのです。

猟師に聞くとその毛皮姿になっているときに雪とか氷の上で丸くなっていると眠くなっていき、そのまま寝入ってしまうことがあるそうです。かれらはもう本当に動物そのものになっているんですね。

Ⅲ　机の上の動物園

北極ギツネに助けてもらった話

むかし、ロシアの旅客機は何かのアクシデントがおきても乗客には何も知らせない、と噂されていた。そのためたとえば不意に停滞してしまった空港でそんな目にあうと乗客はたちまち先々のコトがわからなくなり、予定も乱れ、イライラと腹立ちだらけの時間をすごさなければならなかった。

多くの国では、航空会社に抗議したり怒ったりそこらをケトばしたり、といろんなことができた。

一種の都市伝説なのだろうけれどロシアではそういうことをするとそのヒトがどうなるかわからない、という不気味な怖さがあり、みんな黙って耐えるしかないようだった。

だからロシアの田舎の空港でそんな目にあうとよほど忍耐力がないと悲惨である。状況がわからず、先が見えない不安とおさまりのつかない腹立ちが続き、じわむわと疲弊していく。

さらにロシアというのはいまそこで起きているアクシデントの回復状態とか今後の見通しなどもいっさい乗客に知らせない。

シベリアなどの極寒のなかでエンジンを停止してしまった飛行機はさらにどんどん凍結していき、半日でもそのままだと再始動に数倍の時間がかかる、と言われていた。

つまり十時間停滞だと二、三十時間の停滞、というコトになるわけである。そうなると結果的にそこに何日間停滞させられるかわからない、という最悪の事態も考えられる。

ぼくがそういう目にあったとき外気温はマイナス四十度以下と囁かれていた。無骨なロシアの建物は頑丈につくられ、隙間などないからある程度温められた室内空気はありがたいが、自然の換気がなく、システムとしての空調装置がないことが多いから、時間がたつにつれて室内の空気はとことんまで濁りまくっていった。

空港ロビーにはタバコの煙によって空中に小さな悪魔の乗り物のような霜状のものがたくさん浮かんでおり、室内の見通しもひたすら悪くなっていった。ほかにくつろげる場所もなく、国際便でもないのに空港の外に出ることもできない。もっともマイナス四十度では外に出たとしても目をあけているのがやっとで何をどうすることもできなかったのだけれど。

本など読むには冬のロシアの室内照明はあまりにも暗すぎた。そういうろくでもない閉塞状態になり、人々はさらにイラついて不機嫌になっていった。

老婦人などは諦めきった表情でカイマキに似た毛布を頭からかぶって死んでしまったのではないかと思えるくらいずっと身動きもせずにうなだれている。

その日、ぼくの座っているすぐ前の長椅子にはロシア軍の空挺部隊の兵士が数人座っていて何の意味があるのかあたりを威圧的な目で睨みまわしていた。軍服の胸にパラシュートの小さな絵が描いてある。パラシュート部隊はロシアではエリートだった。その兵士らが一番タバコを喫っていた。喫いおわると唾とともに乱暴に床にそのまま捨て、分厚くでかい靴で踏みつぶす。

小さな空港なのでレストランもなく、飲み水もしだいに不安な状況になっていた。その頃のロシアの水道の水はうかつには飲めなかった。いや、その土地の人で体力（耐性）のある人は飲んでも大丈夫だろうけれど、旅人にはその保証がなかった。一度アタルと滝のような下痢になったりして危険だった。その土地に知り合いがいない旅の外国人などはそのような目にあったらおしまいだった。

腹をこわしているのがバレるともう継続して飛行機には乗れないし、空港にとどまることもできない、というどうしようもない状況に追い込まれるのだ。

ほかの国では小なりとはいえ治療にあたってくれる医師がいて医務室などがあり、対応してもらえる場合があるのだろうけれど、ロシアではその可能性はまずなく、誰もそういう話題に触れなかった。

まわりの多くの人々はにわかな厄介ごとには徹底してかかわらないほうがいい、と決めているようだった。

空港の売店には菓子すらなく、目に入るのはタバコと質素な「おみやげ」の類。おみやげもどこでも見るロシアの名物人形マトリョーシカぐらいだ。太った小さなロシアおばさんからその次のサイズへと次々にかぶさっていって七、八組になっていく仕組みで、要するにただそれだけの人形だった。

売店には若い女性の販売員が一人いた。売り物はほとんどないようだったからそんなところでは販売員は必要ないように見えたが当時はまだ厳格なソ連時代で、係りの人は実質的に何も用がなくてもとにかくそこにいなければならない、というキマリがあったのだろう。ロシア全体の閉塞感をあらわにしたような光景だった。

よく見るとマトリョーシカの置かれている棚のはじのほうに、犬なのかキツネなのか区別のつかない**小さな動物**がオドケているのかあるいは困っているのか前脚をキチンとそろえてすわっていた。なんでも大ザッパなロシアにしてはあまりにも「こぶり」であり、なんともいえない「ヒカエメ」な造作なのでがぜん目をひいてしまったのだった。

すさんできている心をわずかになごませるこの動物がロシアで作られているものなのかどうか知りたかったが、売店の緊迫した怖い感じのお姉さんにそういうことを聞くのは不可能なように思われた。

あらゆるものが大づくり、大ざっぱなロシアでは思いがけなく小さくかわいいナゾの生物だった。

お姉さんも早く時間がすぎるのを乗客と同じようにやはりイライラしながら待っているようで、ロビーのどこも見ていなかった。そこでぼくはいったん引き下がってしまったのだけれど、そのあと十分ぐらいして、どうしてもその動物が気になり、またそこに行った。

それまでさすらっているあいだになんとか覚えたカタコトのロシア語で「それはいくらか」ということを聞いた。

「あんた、ヘンな男だねえ」という表情をあらわにしながらもどうやら通じたらしく、かなりブスッとした感じながらも答えてくれた。もう忘れたけれど日本円にしてたしか二十円とか三十円ぐらいのもうしわけないような値段だった。ロシアでは珍しい。

そうして犬だかキツネだかよくわからない小さな奴がぼくのポケットにズシリと入った。それはやがてお守りのような心強い存在となり、大きな収穫となった。思うにそこからぼくの家の机の上の〝小さな動物園〟が生まれていったのだった。

その空港はシベリアのハンディガというところだった。軍が使っている空港で一般人がそこに降りるのはめずらしいことだったらしい。空港のまわりは極寒のタイガで、広大かつ危険な不毛地帯がひろがっていた。

タイガには黒テンがいて、シベリアでは黒い宝石と言われていた。エリマキの高級品としてヨーロッパなどに高く売れるらしい。

リスや野性のトナカイ、テンやオコジョなどもいて、稀にシベリア虎なども見つかるらしい。猟師などが狙っているようだった。北極キツネもいたというからぼくが手に入れた小さな人形はやはりキツネだったのだろう。

その空港からアエロフロートのイリューシュンが飛びたてなかったらぼくはたぶん今ここにはいない。そして当時のそのことを書いたささやかなこの本も生まれていなかっただろう。

ベトナムのすんごいおしゃれネコ

それからだった。訪ねた外国での土地でポケットに入りそうな、小さな人形などを見つけるとひとつ、ふたつと買うようになっていった。

ベトナムに何度目かに行ったとき、帰国前の一週間は市場によく行った。日本は寄り合い市場というものが減ってきて、街はどんどん面白みのない風景になっているが、エネルギーに満ちた途上国の市場はまだいたるところ活気があって見ているだけで飽きない。そんな市場では何か買うのではなくて見物しているだけでよかった。

ぼくは魚や爬虫類の売り場によく行った。爬虫類の主役は蛇で、まだ元気に生きて動き回っているのがたいてい数種類いた。

大きな市場では毒ヘビと無毒ヘビがそれぞれ五種類ずつぐらい売られていた。無毒のほうは太くて長い種類のものが多く、同じ種類でからみあってぐったりしていた。

それに比べると毒ヘビのほうは段違いに元気だった。人々は食べるために蛇を買いにくるのである。コブラに人気があった。コブラはシロウトが生きたまま家に持ち帰ると思わぬ危険もあるから買うときに市場の蛇職人に頼んである程度さばいてもらう人が多いようだった。

蛇屋さんは蛇籠から一匹ずつ引っ張りだし、目の前で素早くさばいてくれる。危険なのでまず首を落としていた。首のなくなった蛇はそれでも何事もなかったかのように全体をクネクネ動かしていて、蛇屋さんはそれをさらに十五センチぐらいの長さに切っていく。まあ切り身をつくるのだ。

凄いなあ、と思ったのはその切り身になったコブラの、つまりは部品がまだみんなクネクネ活発に動いている、ということだった。毒ヘビの精の強さを存分に発揮しているのだ。いろんな種類の蛇によってそのサバキかたは少しずつちがっているので見ていて飽きなかった。三日ほどかよっていたので蛇屋さんとも仲よくなった。蛇の人形はその後、アマゾンでみつけることになる。

ベトナムでのコブラ見物の帰りに市場のはずれの、幅一メートルもないような小さな店で老婆が何か縫い物をしているのを見た。とおりすぎてわかったのは、老婆はどうも手縫いでネコのぬいぐるみを専門に作っているらしい。

さっき見ていたコブラの邪悪な顔を思うとなんとも蠱惑的な小さな小さなすんごい**美人ネコ**だった。しかも作りたてらしい。

シッポがピンと突きたっていて真っ黒なのがたいへんおしゃれだった。目と鼻と口がチビのくせにドキドキするほど色っぽく赤い。毛糸でふちどられた赤い口は口紅をつけているようにも見えた。赤い目は血走って見える。布で作ったらしい小さな鈴を首から下げている。性格の強さをあらわすように四肢をピンと張ってしっかり大地に立っている。お婆さんと言葉はまったく通じなかったのでそれがいくらなのかわからないけれど、手のひらにベトナムの小額硬貨をならべるとお婆さんは自分で必要なぶんだけとってネコ人形をそのままホイとわたしてくれた。ぼくのシャツのポケットには入らないので片手に持ったままホテルに帰り、荷造り中のトランクの隙間に入れた。美人ネコさんはそうやっていきなり日本への旅にくっついてきたのだった。

水牛はおとなしい働きもの

ニューギニアでは最初は仕事が多かった。スクーバダイビングをやっていた頃、その近辺の変化のある海底にさそわれダイビングの取材仕事をした。仕事といったって海の中に潜って「ヒャー」とか「ウーム」などと言っている程度のものだ。どの海域にも鮫がいっぱいいた。とにかくいっぱいいた。

ダイビングボートはボンベに圧縮空気を補給するための装置をのせたりするので十人乗りぐらいの船になるが、素もぐりのときはカヌーで行く。

おそろしいけれど鮫の海をカヌーを一人でこいで行くこともあった。川を下ったりするスポーツカヌーなどのときは走行性があって軽い布製カヌーなどをつかうけれど、ニューギニアあたりではたっぷり水を吸った重い木のカヌーのほうがむしろ安全だった。故意ではなく、ワニがカヌーの近くで反転したりするとき浮力のある軽い布カヌーはひっくりかえりそうな気がして恐ろしかった。

海はいたるところサメだらけなので緊張したが鮫はやたらに近づいてきて嚙み

つく、というわけではなく、実際にはその逆でめったに噛みついたりはしない。それでもヒト仕事終えて上陸するとやっと安心した。

オンボロバスで安宿にもどる。

きまった停留所というのはなく、降りる場所に近づいてきて出入り口のドアのあたりに立つとちゃんと止まってくれた。

バスの本数もないことだしそう簡単には居眠りできない筈だけれどけっこうおばさんなんかは居眠りしている。たぶん運転者がそれぞれの客の降りる場所をわかっていて止めてくれていたのだろう。

そのバスの停留所のような近くに屋根つきの小店がいくつかあった。よく見るのはヤシ酒を売っている店だ。ヤシ酒はふたとおりの作り方があって、その種類によって朝に売られているのと午後に売られるのとにわかれる。どちらも樹木と空気が勝手に酒にしてくれる。かしこい奴だ。

朝売りのヤシ酒のほうがすっきりした味で濃度がありけっこう酔いもくる。

かくして昼でも夜でもヒマなひとはみんな酔っている、ということになっているようだった。

道路端にこのヤシ酒売りの小店が見あたらず、いろいろな生活小物を売っている店で賑わっていることがあった。町までいかないと手に入らないシナモノもいくつか並べられている。

その中の売り物に、なんだかよくわからない状態でブタらしきドロ人形があった。その島には野良ブタがあっちこっちにいた。

原野にいるブタというのはけっこう狂暴なやつらで、何でそうなったかの理由はわからなかったけれど、ブタが人間をおいかけている場面をなんどか見た。ブタはたいていい怒っていた。

売り物らしいそのドロ土製のブタは鼻が危険なくらい大きく、眼が異様に怒っていた。大きな顔は力強く、そいつは全身に「ナメンナヨ！」と言っているようだった。ブタは強い動物だ、ということを辺境の旅の折々によく見て知っていた。

ジャングルのなかなどに行くと大きな親ブタが沢山の子ブタをひきつれて走っているのをよく見た。まだ進化の途中なので子供は体にシマシマ模様のある「ウ

リボウ」だった。これがひじょうに可愛いい。

この写真にある土偶の**ナメンナヨブタ**は身長八センチぐらい。体高は四、五センチぐらいだ。小さいけれど迫力があるので日本に連れて帰りぼくの部屋の本棚にのせるときも「ナメンナヨ!」と怒っているのがわかった。そのまま走りだしそうだ。

このブタと同じように赤土を練って固めて焼いたらしい**水牛**はカンボジアで見つけたものだ。実物の水牛は普通の牛の倍ほども大

きい。そういうのが頭の左右に巨大な角を張り出しているのだから見たかんじはえらくオソロシイが、それでも基本は牛であるから性格はきわめておとなしく、ときどき小さな女の子が小山のような水牛をつれて田んぼに行くところなどを見かけることがあった。
　アジアの農家では水牛はトラクターがわりだが、いつもだまって黙々と働いている。仕事がないときは仲間と泥田でくねったりからまったりしていた。どう見ても泥のなかでの潜水くらべなどの遊び

をしているんじゃないかと思った。飼い主の呼び出しがあればおとなしく泥から出ていく心やさしい働きものだった。

さて次なる全体がブルーの生き物。よく造形ができていない気もするのだが、これをどこでどんな状態で手に入れたのかまるでおぼえていない**謎のいきもの**である。鼻のかたちからこれも豚のように思うのだが、先ほどのナメンナヨブタよりもずっと静かでおとなしいかんじなので、やはりナニモノなのかはっきりとはしない。磨いた石のような光沢が美しく、全体にゲージュツしている。手に入れた場所もはっきり覚えていないのであちこちいまだに謎に満ちた生物なのである。

イスタンブールのカチカチワニ

これ（次頁上、下）は見てわかるようにワニです。手に入れたところはイスタンブールだったので有名なイスタンブールワニですな。いや、エートそれはぼくがあてずっぽうにそう言っているだけです。シルクロードワニとも言うのです。いやそれもでまかせです。

露天商のオヤジが片手でシッポを掴んで大きく上下に広げたり閉じたりするのを繰り返すとワニはしっかりカチカチとカミカミしました。ややや！　これはナイルのカミツキワニか、と思ったらおしゃれな「**クルミ割りワニ**」だったのです。目に偽造品の宝石ふうの緑石が入っていて、さらに背中にも緑宝石がはめられて

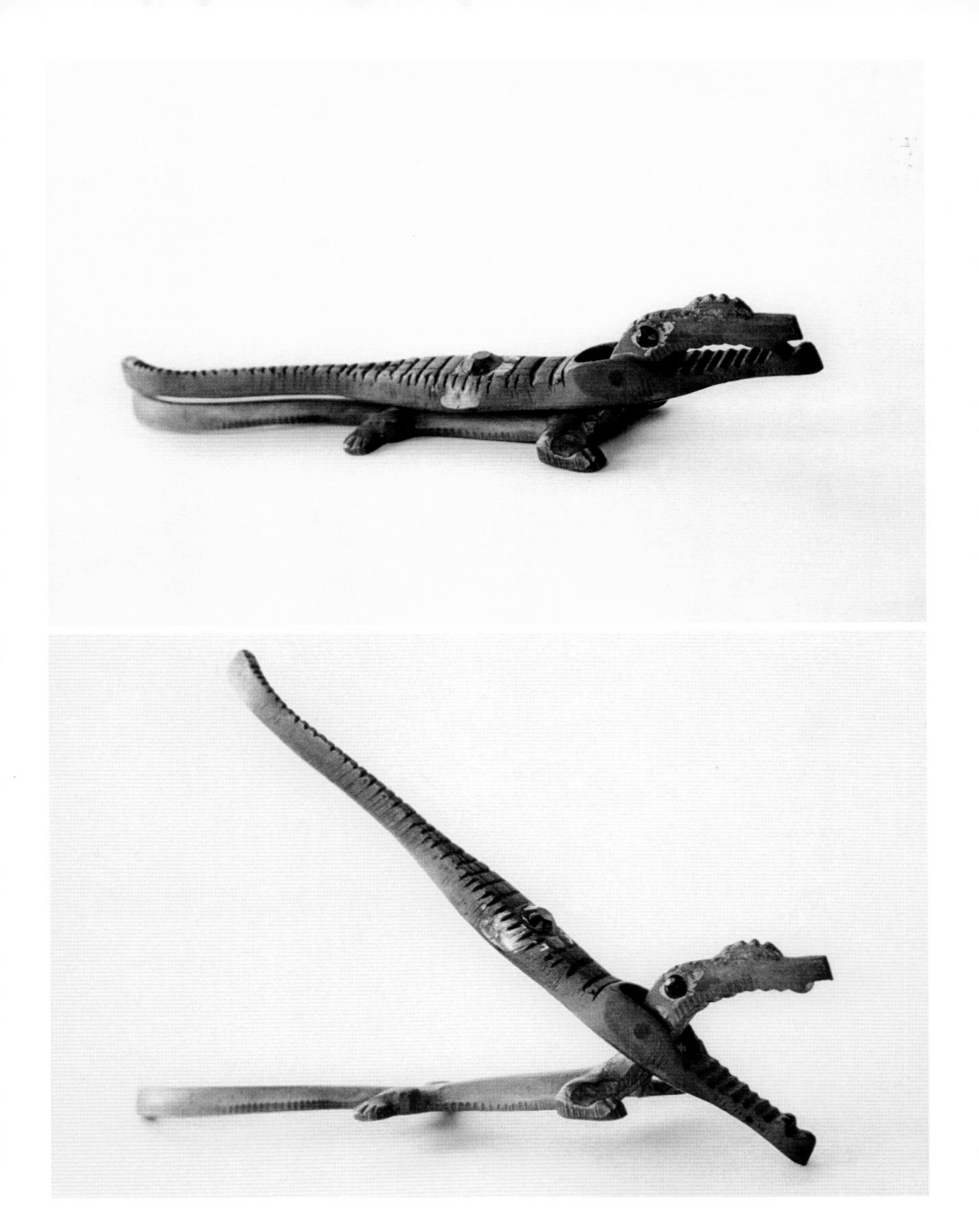

おり、それなりに気どったやつなのでありました。

一瞬迷ったのですが、一カ月留守にしていて何もお土産はなかったので今こそ手に入れないと、と思って買いました。

まったく値下げ交渉なしです。裕福だったのではなく、そういう会話のコトバがわからなかったからです。日本に来てからまわりにクルミがなかったりしてこのワニは仕事らしいことは何もせず怠惰に本箱の隅でじっとしています。暇なんでしょうな。ときどき夜中に本棚のほうからカチカチカチカチ！　という激しい音が聞こえてきます。嘘ですが。

南米からきた陽気な三匹？

当動物園でいちばん気ぐらいが高いのは南米からやってきた「**飾り馬**」です。ありふれた馬ですがやたら着飾っています。足なんかも四本とも違う色に染めてあちこち色気満載です。

やってきた当初からフッションナンバーワンをめざしているおしゃれ馬で、普段でもこのとおりですからカーニバルなんていうときはいろんな色の飾り物を身につけて、町中をシャラシャラ着飾ってうれしそうに歩きまわってヒヒヒヒヒン笑いまくりでもうタンヘンです。

この飾り馬がやってきたのと同じときに痩せっぽちの**ホルスタイン**がやってきてふたりは妙にウマがあうというか、いや彼はウシですからウシとウマがあうというか、いつも一緒にいることが多く、まあいいコトです。

このホルスタインは牛なのに痩身でちっとも太らずいつも壁によりかかって笑ってばかりいる。陽気なやつです。

ときどき壁によりかかってポケットに両手を突っ込んでいる姿を見ます。牛としてはあるまじき姿で、そんなときは完全にヨタッテいるのです。だからこいつは本当の牛ではなくサイボウギュウ（牛）じゃないかと思うことがあるのですが、別に悪いことをするわけでもなくいつもみんなと笑いながら仲良くやっているので黙っとります。

そうそう、陽気といえばその反対に陰気ともいうべきもう一匹、というかヒトというか、おひとかた、というか、正確にはなんと数えていいのかわからないのですが要するにまあ**オバケ**がいます。

飾り馬や、痩せたホルスタインなどと一緒に南米からやってきたものですからオバケもかれらと一緒にいるときが多いようです。一緒にいると安心するのだそうです。さびしがりやのオバケというのがいるのですねえ。

そうそうこの春までおなじ仲良しに、スケボーのタアちゃん、という気のいい奴がいましたが港のヨーコが故郷に帰ってしまったのでタアちゃんも後を追ったんです。そんなにもヨーコが好きだったんですねえ。

アヒルよりも小さなクジラ

ぼくの机の上の動物園には水族館も併設されていてそこの人気者は小さな小さな**マッコウクジラ**です。

全長六センチ。あまりにも小さすぎて目がどこにあるのかわかりません。以前ルーペで調べて発見しましたがいまはふたたびどこにあるのかわかりません。

その隣りにはマッコウクジラよりもでっかい**アヒル**がいます。いつどこからこの水族館にやってきたのかはもうわかりません。

サカナは二種類。水族館としては少ないですね。むかしはもっと種類があったのですがいつのまにかいなくなりました。脱走したのです。でもサカナたちにとっては町で生きるのは条件が悪いからまだ遠くには行っていないと思います。

いまいる二種類のうちの一匹はよく見ると尾のところに切れ目が

あります。尾の先端を片手につかんで上半身をひっぱるとスラリとあらわれるのはナイフです。体のなかに仕込んであったのです。仕込み杖というのがあるのでこれはたぶん「仕込み腰」です。凶状もちだったのですね。顔に似合わずけっこうしたたかな奴なんですよ。

　このヤクザ魚の近くを泳いでいる**ストライプ魚**の名前もよくわからないのです。でもこいつもまたまた変わっていて頭とシッポのへんを持って左右に振ると全身をクネクネさせるヘンな奴です。沢山あるタテの切れ目がそういう動きを可能にさせているのですね。

　面白がってしばしばそういうことをやっていると切れ目から折れてしまいそうな不安があります。でもこんにちまでそんなこともなく元気にクネクネしとります。素材が木ではなくゴムというわけ

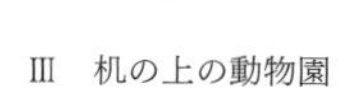

でもなく、じつはよくかりません。やっぱりヘンなやつなんですなあ。

ナメラ伝説

ナメクジをどこで飼育するか、やや迷いましたが全体の湿気状態から考えて水族館がいいだろう、となりました。

それにしても世の中にはナメクジをおみやげにするところがあるのですね。アメリカの西海岸。サンタクルズという静かな町のマスコットのような存在でした。ここにはぼくの子供らが留学していた大学があって二人続け

て住んでいたので遊びにいってのんびり大きな海を眺めていたりしていました。サーフィンの名所でいい波がたっています。ぼくはここに行くと長い長い堰堤に座ってビールのみっつもっぱら海の写真を撮っていました。

この町の背後には小高い丘が続いていて巨大なアメリカ赤杉が林立しています。そこにバナナスラッグ（バナナナメクジ）がいっぱいいいました。

バナナと間違えるくらいでかくてあざやかな黄色です。二十センチぐらいあるのを最初に目にしました。ギョッとするサイズだけれど、不思議にいやな感じはせず「キミもやっぱり生き物なんだなあ」となんだか感心しちまうくらいでした。

ナメクジは何を考えているのか？　これほどうかがいしれないやつはおりません。なにしろ顔がよくわからないのですから

表情というのがあるんだかないんだか。

その**バナナナメクジ人形**を日本のわが家に持ち帰り、ぼくの部屋の机の上の水族館におさめると、なんとさっき紹介したクジラよりも断然大きなナメクジということになりました。圧倒的に怪獣並です。巨大化生物のゴジラとかモスラをいきなり思いだしました。そうなるとこいつは「ナメラ」ですな。まったく怖さが足りませんな。

昆虫博物館開設の夢

なんだかエラソーな見出しをつけてしまったけれど、いずれわが動物園では昆虫館を併設したいと準備しているところですがいまのところ昆虫館に所属しているのはまだ一匹だけ。目玉の大きな強情そうなやつです。

エート、このいかにも悪そうなやつは何なのか。正確にはぼくにもあまりちゃんとした認識じゃなかった知識がないのです。足は六本なので蜘蛛の一族と考えていいのかどうか。どうもあちこち曖昧です。

よーく観察すると目玉は小さなナットでできています。あのボルトとナットのナットです。ロボ虫なのか？　まあとにかくこいつの陽気なセンスを感じます。むかしメコン川を下っていたとき、ラオスのあたりに多島エリアともいうべき興味深いところがあって、そのひとつの島にしばらく滞在していたことを思いだします。

そこは虫だらけ島みたいなところだったのです。コーン島といいました。人口は百人ぐらい。その島にくる前はコン島にいたのです。

コン島の次がコーン島です。オトギ話のような島でした。そこに行けば昼飯が食える、ということを聞いて上陸したのです。行ってみるとたしかに大きな川魚を焼いたのが食えました。壁がない明るい小屋で、こいつはいい、などと言ってくつろいでいるとなんと宿もあると聞いたわけです。

川のなかの島は夜になると猛烈な蚊や虫どもの大群に襲われるのは間違いなく、ここに来るまでの川の島でのテント生活は夕方から襲ってくる大きな獰猛虫、とりわけ各種の蚊から逃れるのが毎晩の恐怖のタタカイでした。だからしっかりした壁にかこまれている部屋がある、というのは嬉しいコトでした。

そんな話をしているときにも名前のよくわからない昆虫、甲虫のたぐいがそこらを飛んだり木の根のあたりをチョロチョロ動いているのが見えるのです。だから昆虫博物館を開設するにはここでなにかいい出会いがあるんじゃないか、と思いましたね。

案内してもらった部屋は真っ暗闇でした。雨戸が全部しまっていたからです。鼻七重まがりぐらいの猛烈な黴臭さにはまいったけれどしばらくそこにいたら嗅覚がマヒしてきたみたいでなんとか順応しました。その頃のぼくはいろいろ強かった。いや鈍感だった、というべきですかね。

宿の人が「雨戸はあけないでください」と言っていました。「あけると閉められなくなりますから」と。

部屋にはベッドがひとつ。天井から漏斗状に広がってベッドを覆う十九世紀頃のヨーロッパの蚊帳みたいなのがぶらさがっていて、これなら蚊よけに役立ちそうでした。モーレッに黴臭いのは相変わらずですが贅沢はいえません。夜になると外の長椅子で泥くさいメコンウイスキーをぐいぐい飲んですんなり眠りました。でも真夜中に起こされました。なんともいえないキョーレツな鳴き声に起こされたのです。グルグル、グルグルグル。

という、野獣が喉を鳴らしているような音です。恐ろしいのとなんだかわからないけれど少し滑稽なものが合わさっていました。まったく得体のしれない生き物が部屋にいることは確かです。

そのあとにいきなり、

「トッケイ！　トッケイ！　トッケイ！」

というけたたましい鳴き声が聞こえてきました。今度はなんらかの鳥類の鳴き声のように思いました。たとえばニワトリの夜明けを告げるような鳴き声（トキノコエ）です。でもひたすら迷惑な奴で思わずベッドから起き上がってしまいました。

そのとき、上から漏斗状にかぶさっている蚊帳をつかんでしまったのです。蚊帳はあっけなくベッドの上に落ち、そこから沢山の生死様々な虫がばらばら降ってきました。なんだなんだ！

なにか異変がおきているのですが真っ暗なのでやっぱりなにがなんだかわかりません。

この部屋には電球というものがないことはわかっていましたし、そもそもこの島には電気はないのです。

ぼくが起き上がった気配がわかってのことか、先ほどの謎のナニモノカはいまは気配を鎮めています。でもまだ部屋のどこかにいる、ということはよくわかっていました。

携帯用のヘッドランプを持っていることに気がつきました。さっき寝るときにそのランプを枕の近くに置いたのです。手さぐりでそいつを探し、スイッチを入れました。

予測できない恐怖の瞬間になりました。

ヘッドランプの、乏しいけれど、漆黒の闇のなかではものすごく明るい光の輪。それで部屋のあちこちを照らしているうちにまったく予想もしないモノをいくつもとらえました。

暗い極細色をした、全体に表皮が鈍くヌラヌラ光っているなにかの生き物でした。壁にくっついていました。平均的なネコぐらいの大きさで横になって壁にくっついているのです。まさにありえない格好でくっついているのだけれど、尾があってそのあたりの表皮がぬめぬめ光っています。全体に爬虫類っぽい生き物でした。そいつがどういう動きをするのかまだわかりません。

そいつもこっちの動く様子をうかがっているようでした。少しするとそいつが動きだしました。のそのそしているけれど壁に張りついているのだから相当な粘着力がある筈です。ヘッドランプの光の方向をあちこち動かしているうちベッドの上のさきほど引き落としてしまった吊り蚊帳の崩れたあたりを照射し「ウギャー！」となりました。

なんだかうじゃうじゃ動く沢山のごみのようなのが堆積しているのが見えました。よく見るとおびただしい蚊や甲虫のたぐいのようでした。それらがいままでぼくの寝ている頭のうえのほうに溜まっていたのかと思うとその残骸の光景はおそろしいものでした。

その後知ったのですが、問題の生き物は「トッケイヤモリ」というのだと知りました。ラオスの人々にも鳴き声が「トッケイ」と聞こえていたのですね。ヤモリの親方みたいなやつだから壁を這っていけるのでしょう。尾までいれると三十センチぐらいのものが多く、ときおり四十センチぐらいのがあらわれるそうです。だいたい蚊や虫を食べているらしい。

だからときには天井まで這っていくのでしょう。ただし注意しないと天井からドサリと落ちてくることもよくあるというのです。噛みつかれると面倒なことになるらしいのですが、島の子供らはそのでっかいヤモリの親方みたいなやつの首に縄をつけて犬のようにひきまわし、おなじような奴とタタカワせているのを見ました。

大草原の食うか食われるか

モンゴルのウランバートルから百キロほど西に行ったあたりの原野で二カ月ほどキャンプをしていたことがあります。映画を撮っていたのです。トーラ川というモンゴルの草原を横断してバイカル湖につながるとてもきれいな川があり、その近隣を移動していくキャンプ旅でした。

川があればキャンプに必要な水には問題なく、そのあたりで遊牧生活している人々から羊などを買ってそれを主食にしていました。一匹単位の購入です。

遊牧民はけっこうシタタカで年老いた羊をよく売りつけられました。でも我々には肉がちょっと固いかなというぐらいでそれで十分うまかった。

我々は五十人ほどのメンバーがいたから一匹手に入れても三、四日で食ってしまいました。その頃の遊牧民は政府からあずかった動物を育て、沢山子供を生ませてそれを蓄積していく、という経済だったので牛のように大きな動物はあまり売らないし我々も食べない。もっとも我々が牛を一匹手に入れてもどうしようもなかったのですが。

手に入れられるのは羊のほかには山羊ぐらいでした。羊料理はシュースと呼び、山羊料理はボートクと言ってました。どちらも大勢で食うにはもっとも効果的かつおいしくたべられる方法を、遊牧民からおしえてもらったのです。

羊を解体して頭、肩、胸、腹、腰、四肢、というふうにわけ、それを五十リットルぐらい入る大きな牛乳缶にいま書いた逆の順に入れていく。そうすると羊はもとの正常な組み立ての姿に戻るわけです。そこに僅かな水を入れて火にかける。一頭ぶんの蒸し焼きです。サイズによって一時間から二時間ぐらいかかるけれど上手にやると全体にやわらかく、高級味の蒸し肉となりました。日本から持っていった醬油とカラシで食うととんでもなくうまい。うまいうまい、と言ってどんどん食ってしまうので我々の生活は経済的にあやうくなっていきました。

なんとかしなきゃ、というコトになり、トーラ川に目をつけました。その川には日本ではマボロシの魚といわれているイトウがいるのです。でもいろいろ調べるとそれを狙うには二百キロほど北へ行く必要がありました。

我々のいるそのあたりではナマズがいくらでも釣れました。一メートルぐらいあるやつです。最初は小魚を餌にしていたけれど野ネズミのルアーがいちばん効率がよかった。

ナマズの腹を裂くと胃のなかからいましがた飲み込んだような野ネズミがたいてい五、六匹でてきました。丸のみなんですね。でもものすごい臭いがたちこめて困ったけれど素早く天ぷらにしちまえばうまく食えました。食うか食われるか——です。

そういうことを経緯してわが机の上の動物園に加った**ネズミのルアー**はズシリ

と重く、百戦錬磨の貫禄がありました。

　キャンプ地でナマズを十匹ほど処理すると調理している人はその臭気で倒れそうになっていました。さらに汗だらけにもなっているのでトーラ川の浅瀬に行って全身水あびをする必要がありました。

　しかしよく流れを注意していないと牛や馬の糞が大量に流れてくる。動物というのは仲間と合わせて同時に糞をするらしい、ということを知りました。だからキャンプでの人間の飲み水はまだ動物が川に入らない早朝に汲みにいきました。

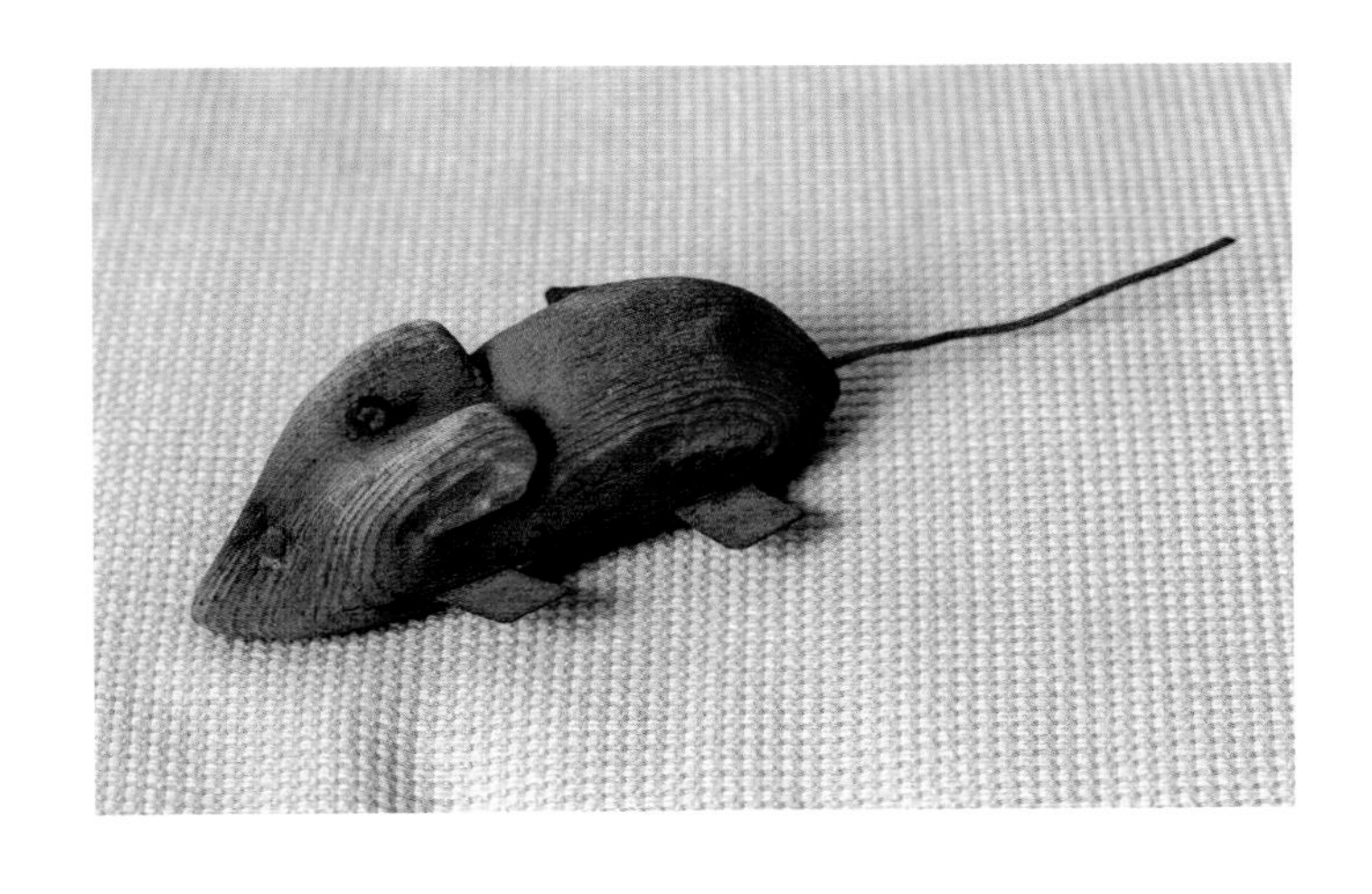

ギザギザ怪物や無口なネコ

わが動物園には正体のわからないのがいろいろいます。まず、いつ、どこで出会ったのかわからないのです。

ここにいるギザギザ口のなんだかわからない奴は最初はワニかと思いましたがそれでは足が長すぎる。こんな足長ワニがむこうからドスドス走ってきたらコワいでしょうなあ。

しかし四足動物でほかに思いあたる生き物を知らない。大きい口なので猛獣の範疇なのだろうけれど、それでもナニモノか見当がつかない。

ツリ目が怒っているのだけれど反対側からみるとタレ目で全然迫力がない。いったいナニモ

ノなのか、ますます正体不明になっていきました。

次の緑色のこれはとりあえず**ギザギザヘビ**とでもいうのでしょうか。友人のイラストレーター沢野ひとし君が作ったものです。しかしどうしてぼくがそれを持っているのかよくおぼえていないのですが、さっきの足長ワニと色合いがよく似ているのでひょっとしたらどちらも彼の作ったものか、と思ったのですが聞いてみるとちがうようでした。

沢野君はひところ木工に凝っていていろんなものを作っていました。初期の頃、一番生産していたのはマナイタでした。マナイタは平らな板を切ってカンナをかければいくらでもつくれます。ところどころに簡単な彫刻をしていました。主に野菜を切る面にはカボチャとかダイコンの絵を。反対側には魚やブタの絵などです。レッキとした実用品ですがよく見ればやっぱり板を切っただけです。わりあいすぐに作れるので彼はいろんなガールフレンド

こいつがモコモコいってむこうからやってきたら
コワイでしょうなあ。

などにプレゼントしていたようでした。安上がりですみますしね。

とにかくまあ凡人が作るとただの板っきれにしかならないものでも芸術家がつくったマナイタとなるとガツンと重みが違ってくる、ということを知りました。で、このギザギザヘビ。動くときも上下にギザギザしながらのようです。やっぱりこわいですねえ。

もうひとつ、というか一匹と呼んでいいのか、断定はむずかしいのですがこれは神サマ仏サマ系の一派ですな。そっち方面のオカタということになると失礼があってはなりません。
決して動物園などのメンバーに入れてはならないのだろうけれど、ではどこにおさまってもらったら

犬的なこの神サマは世の中のよくないもの、悪いものをみんなのみこんでおならにしてしまいます。これはお尻の方からのお姿。

いいのかわからないのです。当園も手狭になりました。そろそろ増築せねば。

バリ島の神サマはまるごとヒンドゥ教です。でもバリが帰属しているのはインドネシアなのでつまり多数はイスラム教です。したがってイスラムの中のヒンドゥということになります。

分類不能のこれは何かの神、もしくはその使いでしょうか。別の項目であげたインドのシバ神とならんで、多くの島人の信仰する守り神のようです。

もうひとつ。じゃなかったもうオヒトカタにひときわ変わった神様がいて、来歴はチベットです。基本はいつも外をむいていて、世の中のよくないものやよくないコトガラを見極めてゴクン、ゴクンとみんな飲み込んでじきにオナラにしてしまうのです。

これは本当にそう言われているので、わが家では玄関の出窓のところにおさまっていつも外を見て監視しています。そしてゴクンと飲み込んだ悪いコト、よくないものはみんなオナラにしちまいます。だからオシリの穴がひときわ大きいわけです。

けっして冗談ではなくてつまりそういうコトなんだ、とお寺で聞きました。

これらの規格はずれのさまざまな連中、じゃなかったおかたらをお世話しているのが監視員の**赤ロボット**と、もう一匹バリ島からやってきた**無口なネコ**です。

このヒトは、じゃなかったこのネコはいつも黙ってこうしてお皿を両手で大事に持っています。そうして黙って立っているとそこにきた人々が小銭だけれどみんなお金を放り投げていきます。

このネコにはやってきた人々をそういう気持ちにさせる、というすばらしい能力があるようなのです。わが家にやってきたお客はそう紹介すると十円から百円ぐらいのコインをチャリンと入れていきたくなるようです。

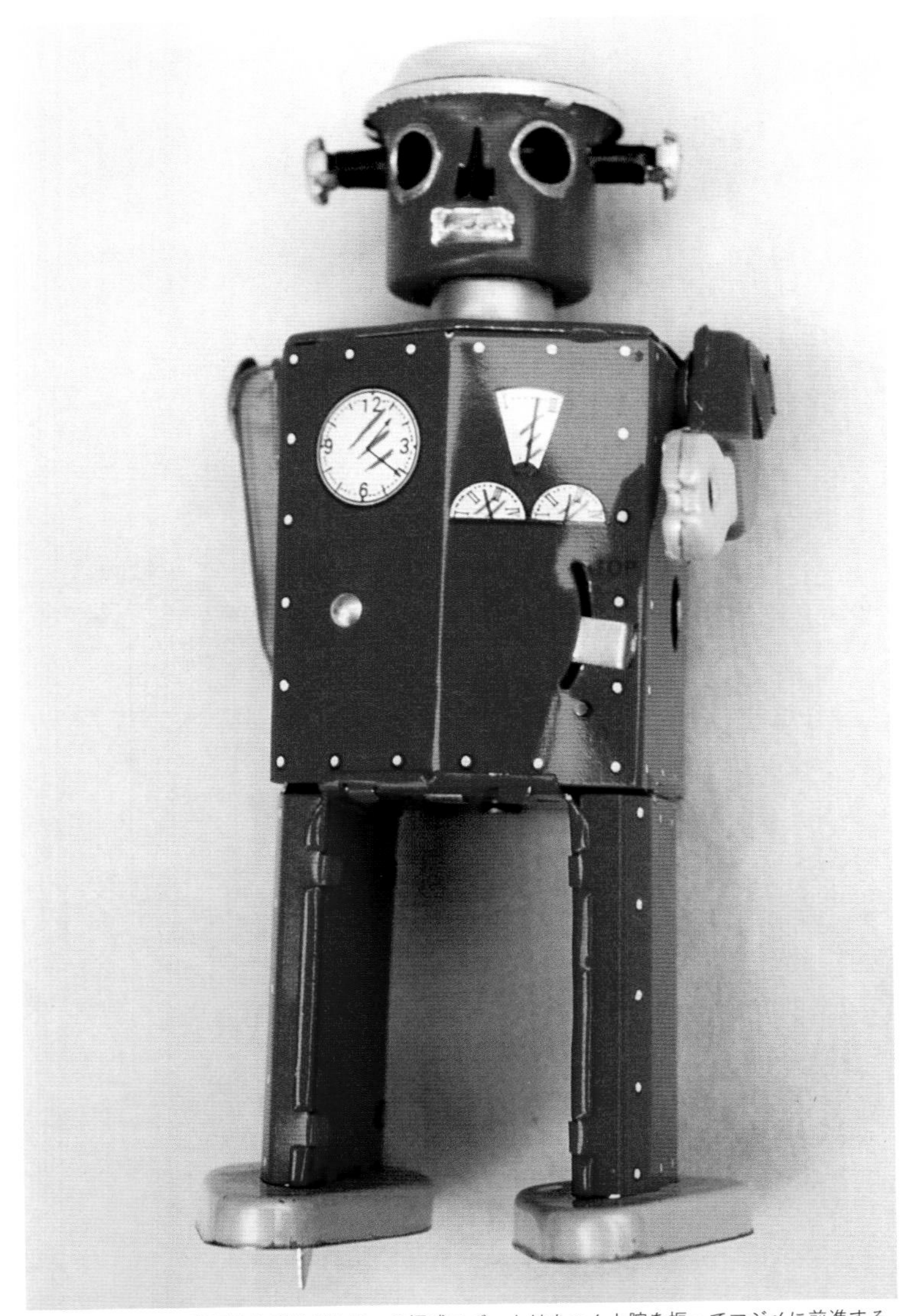

真面目なだけがトリエの旧式ロボットはちゃんと腕を振ってマジメに前進する。

こうして立っているだけでこの大皿にチャリンとお金を入れたくなるのです。ヒゲもそこらのネコとはちょっと違う大臣ヒゲなどとでもいうようなエラソーなやつです。

リーダーの赤ロボットはずいぶんむかしに作られたようでいろいろ旧式です。胸の前のメーターは何を計測しているのかわかりません。この位置だとロボット当人には読めないのですがね。ときどきこのロボットから通信があります。こういう通信によくあるようなカン高い緊迫声ではなくて「あの、えと。だからつまり今日の通信はおわりです」などと言っているような気がします。いつも緊張しているらしいのですね。

背中についているゼンマイのちからで左右にぎしぎし揺れながらゆっくり歩行前進することができます。ゼンマイの力なのであまり長くは歩けません。

机の上の動物園と建設中の水族館および昆虫館は、かれらの巡回によって、昼も夜も平安が保たれ、さしたる問題もおきず、これまでやってきているのであります。

Ⅳ 噛みつき小石

いろんな顔になった

ずいぶんいろんなところを旅してきた。ぼくの旅はひとつの国に最低一カ月はいるので、小さな国だとその国のあちこちを歩き回ってくるようになる。初めて見た国では、そこで出会う風景や人々に目を奪われてそれらの写真を撮ったり、風景と一体化して（つまりキャンプなどで）身をもってそれらに触れ合うことに喜びを感じていたりした。そのうちいわゆる造形美のようなものに目を引かれていることに気がつき、時にはそれらにとらわれて、小さなものだと自分のものにしたくなる。つまりおみやげにしたくなる。

最初の頃、ぼくはよく石を拾っていた。地球上のいろんな問題でそこらに転がっている石も日本とは性格の違う、つまり形が特異なものがけっこう見つかる。パタゴニアのあるルートを馬で旅していたときなどは、退屈な馬旅の夜に焚火の周りで手に触れる石をいくつも眺め

たりしていた。そのうち真四角な石やまん丸い石に気持ちを奪われるようになり、それらをポケットに入れて帰ってくるようになった。旅の途中で拾うものだから、真四角な石でも二センチ四方、丸い石でもその程度といういたって小さなものを優先した。そうでないと荷物がどんどん重くなっていくということに気がついたからだ。それでも帰国する頃に小さな石が二、三十個ぐらいになるとけっこうな重さになるから、空港に入る前に捨ててきたものがたくさんあった。

　無事に家に持って帰った石にいたずらに顔を描いたりして机のまわりに並べておいた。これまで三十種類ぐらい集めたように思うが、そういうのを欲しがる友人もいて、もともとただで持ってきたものだから、こんなものでよかったら、と言ってけっこうポンポンあげていた。ここにあるのはそうしていろんな人にあげてしまったものや、写真に残っているものだ。小さな石の顔のコレクションといったあんばいになるのだろうか。

頼りになりそうな小さな金属のかたまり

辺境の旅を続けていると、小さな町に出たときの喜びがある。それは久しぶりに建物の中に入ってお店の人が作ってくれた温かいものを食べられる喜びや、何よりもおいしいビールが飲める喜びがすばらしい。ビールは冷えていない方が多いけれど、それでもうまかった。

おなかが満ち足りると初めて見る小さな町を歩いてみたりする。ぼくが常にふらふらっと入ってしまう店は断然金物屋が多いということに気がついた。金物は人間の生活の必需品だからどんな辺境の村にも必ず一軒ぐらいはある。そうしてそこに必ずあるのが錠前だった。もう日本の生活では使わないような「鍵と錠」という組み合わせはとても新鮮で、美しく見えた。小さなものから大きなものまでいろいろある。小さなものはいかにも実用品ですよ、という気配をもってあちこちがっちり頼りがいをもって光っており、そいうのを見るとぼくはふらふらっと買ってしまうのだった。もとよりえらく安い。

【問題】この本で唯一の出題です。これらのカギはどうやって開閉させるのでしょうか。

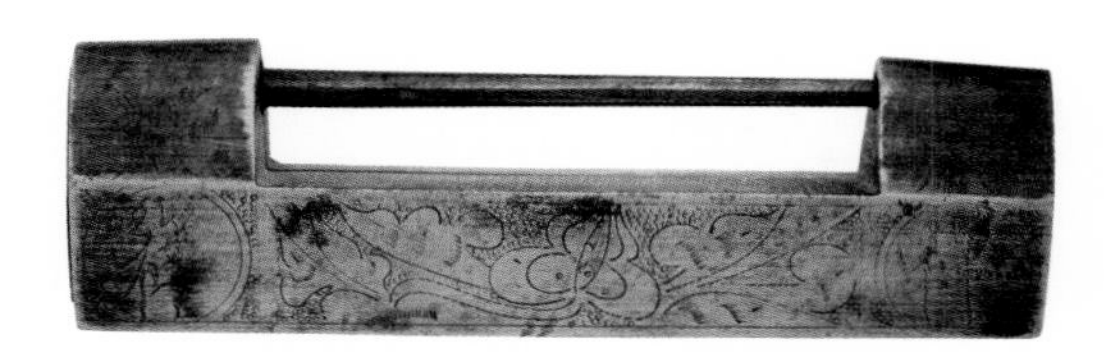

【答え】おしえません。ユーラシア大陸のぼう大な民の平安をまもるためです。

店の主人がぼくには理解できない言葉であれこれ説明してくれる。言っていることはわからないが、使い方を説明してくれているのだ。ガチリガチリと心地のよい音がしてどれも現役ですよ、といわんばかりに気持ちよく開閉する。そのたびにぼくは思わずふらふらっとそれらを買い占めてしまうのだった。それらは今三十個ぐらい残っているだろうか。日本ではどう考えても使い道がないのだけれど、机のまわりの本棚に、まあなんというか、旅の思い出物体のようになっておさまっている。

力強い実力者のおすがた

その次に世界のあちこちでふらふらっとよろめくようにして手にしていたのが刀剣類だった。つまりは刃物である。ぼくはもっぱら鉈（なた）の類に目を奪われていた。鉈は今の日本の生活ではよほど特別な環境にない限り使い道がない。特別な環境というのは、例えば山奥の小屋とか牧場とか隠遁生活の小さな基地などという意味だ。多くは薪割りや家まわりの何かの手直しなどで使われていたのだろう。いかにも年季の入ったようなそれらを手にすると妙にコーフンしてしまう、というやや危険な気配になる。

大きな肉切り用の鉈は北極圏などの原始的な生活をしているところでよく手に入れた。肉切り用の鉈などというのはそのあたりに住む人たちにとっては必需品なのだということに気がついた。これらの生活必需品は思いがけないくらい安い

ぼくが一番重宝したアラスカの万能鉈。焚火の時のつよい味方です。

上のふたつはロシアの鉈でごく普通の家庭で使っていました。マナイタは大きな木の切りカブを台所に持ちこんで使っているようでした。

左の鉈はアラスカの日用品。
その右隣にあるひときわスゴイ形のものはスリランカの肉屋で手に入れたもの。

というのもぼくには魅力的だった。

その頃からぼくは旅のおみやげというとそうした生活必需品を主にもとめるようになった。そのほうがもらった人もうれしいようだ。ただし、錠前とか鉈などをもらってもどうしていいかわからない人のほうが多かったのだけれど……。

初めて訪れた国を旅する人が買いがちなのは、木彫りや土でつくった民芸品の人形だろう。民族衣装を着ていたり、大きいのから小さいのまで入れ子になって一つに入ってしまうようなやつ。でもああいうのをもらってもすぐに飽きてしまう迷惑なおみやげなんだよなあ。

そういう思いが教訓になって大切な小物を入れるジュエリーボックスのようなものを見つけると、中身が入ってないぶん軽いので、三つぐらい大きさの違うものを重ねると楽に持ち帰ることができることを発見した。逆に鉈などの類は飛行機にどのようにして載せるのかというのが問題になった。

今、手元にあるということはなんとか持ち出せたのだろうけれど、われながらご苦労様なことだった。

V

ラオスのグルグル目玉

旅でであった造形美

初めてインドに行くとき、インド通という友人にいろいろ情報を聞いた。「インドはけたたましくうるさく臭く汚い国」と言っていた。いいところがないじゃないか、と思ったが土地によるんだろう、と軽く考えていた。臭いというのはきっとカレーの匂いだろうな、と見当をつけた。空港に着いたときにたしかに濃厚な臭いに囲まれた。カレーの匂いではなかった。甘いとろけるような花の匂いだった。インドには見るからに力強い花がいっぱい咲いていた。これはインドのどこへいっても同じだった。とくに花がいっぱい咲く季節だったのだろう。

道や川や建物まわりの汚さは予想していたとおり。でもそれこそがインドの匂いなんだろう、と思った。

町でけたたましくうるさいのはラッパだった。町の通りはリクシャ（自転車で押すタクシーみたいなもの）でみちあふれている。日本の人力車から名前がつたわったという説が多いそのリクシャのハンドルについている警告器、ラッパの音だった。空気玉のところを御者(ぎょしゃ)が常に握って鳴らしまくる。でもじきに馴れて、これぞインドの音だ！　などと思うようになった。いろんなリクシャに乗っているうちにそのラッパが欲しくなった。道路通行関係のいろんなものを売っている問屋街のようなところにいけばいいらしい。

ラッパを売っている店を見つけるのに半日かかった。力強い空気玉を握るとけたたましい音がする。安宿にかえってならしていたら隣室のヒトにおこられてしまった。ヒルネの邪魔をしたらしい。

日本に持ち帰り、うちの子供が朝寝坊しているときなどに使った。耳元でならすとピクンと跳ねてとびおきる。そのラッパ、今はぼくの部屋のどこかでヒマにしている。けっこう造形美だよなあ、と思っているのだけれど。

チリのプンタ・アレナスはぼくの一番好きな港町でこれまで四回ほど行った。マゼラン海峡に面した南米最南端の古い港町だ。町はずれのホテル・モンテカルロというややいかがわしいところが常宿だった。隣が売春宿。長く泊まっているといろいろ面白い話にであったけど今は書くスペースがない。暇になると港に

このようにくねっている形と
ダイコンのようにまっすぐのと
ふたとおりありました。

インド中で走り回って
いるリクシャのラッパ
大きな音がねじ曲って
空をとんでいきます。

行った。安酒場で強い酒ビスコをのみ、怒涛のマゼラン海峡をこえてきた漁船などを眺めていた。

アギラという金物屋によく行った。アギラとはここらを飛んでいる鷲の名だ。その店に何度も行ったので、店の売り場の金物の配置なんかも覚えてしまっていた。五年たっても品物の配置は変わらないのだ。そこで漁船が使っているフックを買った。まったく考えずにだ。たぶん使いみちは何もないだろう。自分がそれを何に使うか、強いていえば形、にホレたのだ。日本に持ち帰っても何に使うかよく考えていなかったが、しばらくガレージで暇そうにしていた。今もとくに用はない。

イスタンブールはシルクロードのアジア側とヨーロッパ側をつなぐところなので旅人が必ずたちよっていく。町の真ん中を切り裂くように川みたいに激しい流れのボスポラス海峡があって見事にアジアとヨーロッパをわけるような状態になっている。その川岸に並ぶ露天商から買ったひげそりがこのいささかキケンなしろものである。ひとつ五円もしなかった。でもこんなので髭を剃ったら顔はギ

わが部屋に持ち
かえっても使い道
がなかったけれど…。
マゼラン海峡
に面した港町
で買った
小船の
クレーーン
トルコでは今でも
使われているカミソリです。

ザギザの傷だらけになりそうだったので使ったことはない。

外国の夜の露天商を眺めていくと面白いものにいっぱいであう。ラオスの首都では毎週末の夜に中央通りの真ん中に露天商が並んで大賑わいになる。小さな店でみつけたこのグルグルデザインのモノは日本人なら誰でも「蚊とり線香入れ」と思うはずだが違うのです。ファスナーがあって蚊とり線香なら三本ぐらい入りそうだけれどこんな袋に入れて持ち運びするヒトはいないでしょうねえ。

これはモノ入れなんだけれど、まあ入れられるのは小銭ぐらいでしょうか。この蚊とり線香そっくりのグルぐるマークはラオス文字の数字の「1」なのです。まあかなり誇張してあって実際にはもっとグルグル度は少なく、せいぜい二回り半というところでしたか。でもかなりヘンで不思議な「1」であるのはたしかです。ぼくとしてはめずらしく事務所の皆さんへのおみやげとして五つほど買いました。軽くて安くてちょっと旅のコボレ話になってかさばらない。優秀なおみやげ、と思いました。

どっちが上でどっちが下かわからないラオスの小物入れ。けっこう大きなファスナーがついているので蚊とり線香を入れるのもOK

次の派手な横顔のものはメキシコではかなり目にするメキシカンプロレス（ルチャリブレ）のレスラーの覆面です。メキシコにはレスラーが三千人ほどいます。でもその多くはアルバイトレスラー。無職のヒトはもちろん郵便屋さんとか警官とか医者とか、いろんな本業のかたわらに時給でレスリングをやっている人がほとんどで、プロレス専業で食っている人は五十人もいない、ということでした。公務員がアルバイトでレスリング（実際は単なるどつきあい）をやっても覆面をかぶっているから素顔がわからずに便利なようです。こういう覆面を売っているプロレスグッズのショップがメキシコシティだけで十店ほどあるそうです。

ちなみにこのマスクはスペイン語で「ソラール」という有名レスラーのもの。「太陽」という意味です。太陽仮面ですね。一般の人がこういう人気レスラーの覆面をかぶって町を歩いたりしています。女性でもいるからラテンはまったくあけっぱなしで楽しいのですね。

横顔のほうがいいオトコに思える
まあそれだけの問題なんですが。

ごあいさつ

あそびがてらの片手間仕事のような気分でとりかかった本だったけれど、実際にお話のなかに入りこんでみると、編集上の未知なる問題とか興味とか、技術的な初体験といったコトガラがいろいろあらわれてきて、それらが思いがけなくたくさん交錯し、時間を使ってしまった。

作家になり、四十五年間にわたって三百冊ほどの本を書いてしまった粗製濫造作家だけれどこのような「モノ、道具だけ」に集中する雑文集を書くのははじめてで、しだいに雑貨屋さんの品揃えをこしらえていく、というような気分になっていった。

最初にこういう本を作ろう、と思ったのは、散乱した自宅の屋根裏部屋を片づけていたときでした。本文にしばしば書いてきたけれど、旅が多いわりに、旅先からおみやげというのをあまり買ってこなかった。

たとえばお人形、にはまるで興味がなかったので、買ってくるものとしたら娘が小学生にあがる前ぐらいまでのことでしたね。

ぼくの旅はたいていその期間がながくなるので、うっかりすると家族から存在を忘れられてしまっている可能性もある。確かめたくても電話のインフラがなかった。あっても繋がらなかったりすることが多かったし。

二カ月もとうちゃんがいなかったら記憶はおぼろになっていくのも当然でしょう。それ故、ひさしぶりに帰国すると出発のときよりもグンと大きくなった娘や息子に「おみやげ話」をするよりも日本ではまず見ないし聞かないだろう遠いヨソの国の簡単な道具、たとえば木で作られた三角定規とか、フリコ式の平均平衡策定秤、毛糸の帽子にくっついた無くせないミトン、雲型に属するらしいふわふわの歪んだ円が描けるけれど何に使えばいいのか見当がつかないコンパス、なんていうまず日本にはないだろうものを見ては持って帰りました。

でもヨソの国の民族人形なんかは日本に持って帰っても一カ月でたいてい興味を失います。うっかり持って帰ってしまったそういう不器用なやつをたくさん入れてある大きな箱を開けては捨てるかどうか考えているうちにいくつかストーリーがうかんできました。それが本書を作るキホンになったのです。

問題は本書のあちこちに出ているなんだかわけのわからないでっかくてごつい道具類のおみやげで、これは屋根裏部屋を無粋に占領するだけなのでその扱いに困っていました。

そこで友人の写真家、上原ゼンジさんに頼んで、これらの、まるで使い道のない無骨なでっかいものの写真を撮ってもらいました。かれは非常に的確に凝って撮ってくれる写真家なので条件の悪い屋根裏からそれと直結する屋上へといろんな場所を選んで、なかなか楽しい写真を撮ってくれました。写真を撮るとその時から本書のカケラのようなものを思い描き、道具や生き物の話しあう世界を作れないだろうか、いつかそんなそんなコトができたならば、と考えていったような気がします。

屋根裏部屋の雑多なこのモノたちにも不思議な運命というものがありまして、

二〇二一年に仙台文学館から要請があって、ぼくの作家活動の全般にわたる活動を見てもらう、という思いがけない総合展示会というようなものを開催してくれました。大きな会場をフルにつかって三カ月ほどのぜいたくなイベントです。本書に出ている旅先で拾ったり貰ったり稀に買ったりしたものがごっそり世間の皆さんの目に触れる、という思いがけないことがおきました。

そいつらの座長というか、まあつまりは「持ち主」であるぼくはびっくりしつつ喜びました。

世界各国から集まってきた石ころだのナタだのが並べれられ「よく目的のわからない」博覧会が開催されたのです。

世界の田舎の細道にころがっていた丸だ三角だ四角だのという石ころなどは大都会にやってきて人生たった一度の晴がましい舞台に出られて有頂天になっていたようです。

上原さんに記念写真を撮ってもらった以上、これで満足して解散かな、とわたくしなど思っていたのですが、彼らがあまりにも堂々としたヨロコビ顔（のように感じた）なので、ロボットの監視員に頼んで屋根裏の合宿所をもう少し快適に延長できるようにしたというわけです。本書のことを言っているのですね。

よくむかしのヒトは写真に撮られると、命も取られていく、なんていって嫌がることがあったと聞きますが、ここでは逆に写真に撮られるとたちまち生気を得て、たくましく動きまわるようになってきたような気がします。夜などわが家の屋根裏部屋から彼らのはしゃぎまわる物音を聞きながらわたくしはそう思っております。

ご見物、ありがとうございます。

写真　　上原ゼンジ

出演　　東京屋根裏石コロ一座

構成・著作　椎名　誠

制作助手　渡利亜紀子

椎名誠（しいな・まこと）

1944年東京都生まれ。作家。『さらば国分寺書店のオババ』（1979年）でデビュー。小説、エッセイ、ルポなどの作家活動の他、写真家、映画監督としても活躍する。「本の雑誌」初代編集長。主な著作に『犬の系譜』（講談社）、『岳物語』（集英社）、『アド・バード』（集英社）、『中国の鳥人』（新潮社）、『黄金時代』（文藝春秋）などがある。近著は『おなかがすいたハラペコだ4—月夜にはねるフライパン』（新日本出版社）、『失踪願望。コロナふらふら格闘編』（集英社）、『シルクロード・楼蘭探検隊』（産業編集センター）など。

＊「椎名誠　旅する文学館」
https://www.shiina-tabi-bungakukan.com

机の上の動物園

2023年8月25日　第1刷発行

著者　椎名誠
写真　上原ゼンジ
デザイン　松田行正、金丸未波（マツダオフィス）
編集　佐々木勇志、刈田雅文（産業編集センター）
発行所　株式会社産業編集センター
〒112-0011
東京都文京区千石4-39-17
TEL03-5395-6133 FAX03-5395-5320
https://www.shc.co.jp/book

印刷・製本　株式会社シナノパブリッシングプレス

ISBN978-4-86311-374-9 C0026